3
できる　ことなら、この　『2』の　本《ほん》は
『ドラゴン《どらごん》たいじ』を　さきに　よんで
おいたほうが　たのしめると　おもいます。
かいけつゾロリの
ドラゴンたいじ
この　本《ほん》の
しょうげきてきな　ことは、
タイトル《たいとる》に　かいけつ
ゾロリ《ぞろり》と　ついているのに、
いちども　かいけつゾロリ《ぞろり》に
へんしんしない　ことさ。
この　本《ほん》の
中《なか》の　おらたち
みてほしいだ。
ほら、
めっちゃ　ひげが
こいいだよ。
それでも、
4
いますぐ　この
『ドラゴン《どらごん》たいじ2』を
よみたくて、がまん
できない　ひとは、
よんじゃって
ください。
でも
いつか……、
『ドラゴン《どらごん》たいじ』も
よんでくださいね。
あとから　いろんな
なぞが　とけてきて、
それは　それで
たのしいかも
しれません。
かいけつゾロリの
ドラゴンたいじ
かいけつゾロリの
ドラゴンたいじ2

ゾロリ《ぞろり》たちは、どうぶつけいさつに おわれ、にげまわって いました。
やっと のがれた ころには、ぜんいん ヘトヘト《へとへと》です。
ほっとした イシシ《いしし》が、じゃりみちに 足《あし》を とられ、つまずいて かおから ころんでしまいました。
おっ
とっ
と
ズザザザザー
びだ〜ん

かいけつゾロリのドラゴンたいじ2

原 ゆたか　さく・え

ゾロリ《ぞろり》と
ノシシ《のしし》が、
あわてて　かけより、
だきおこすと――。

こいつは
たいへんだ。
イシシ〜
ふえーん。
ひ(い)たひ(い)よー。

イシシ《いしし》の　はなには、
ひどい　すりきずが
できて、はなぢが
とまりません。

イシシ《いしし》が、大声《おおごえ》で　なき
さけんでいる　ところへ――

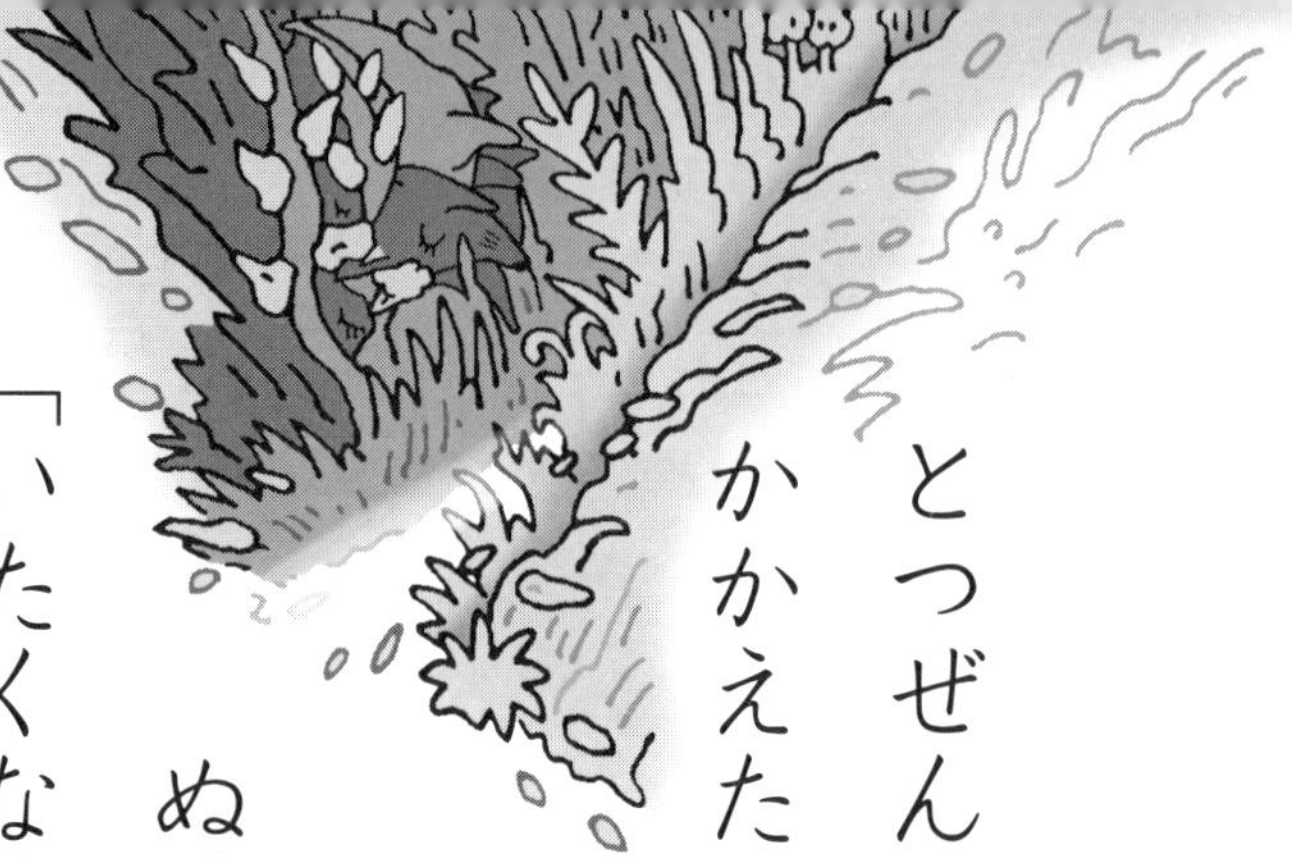

とつぜん、ちかくの　林《はやし》から、くすりばこを
かかえた　女《おんな》の子《こ》が　とびだしてきて、いいました。
「だいじょうぶ？」
そして、イシシ《いしし》の　はなに　きずぐすりを
ぬり、ばんそうこうを　はってくれたのです。
「いたくなくなっただ。よく　きく
くすりだな。ありがとう。」
イシシ《いしし》が、おれいを　いうと、
「どういたしまして。わたし、マーサ《まーさ》。

おにいちゃんの　アルゼル《あるぜる》を
さがしている　ところなの。」
マーサ《まーさ》は、しゃしんを　みせて、
「あなたのように、ドラゴン《どらごん》に
おそわれて、けがしていないと
いいんだけど。」
しんぱいそうに　いいました。
「ド《ど》、ドラゴン《どらごん》だって？」
ゾロリ《ぞろり》たちが　おどろくと――。

「そうよ、このあたりの　はたけで、ドラゴン《どらごん》が
あばれているって　きいたから、てっきり
あなたも　やられたんだって　おもったわ。」
「おじょうさん、おれさまの　なまえは　ゾロリ《ぞろり》。
むかし、ドラゴン《どらごん》を　つくった　ことは　あるけど、
あんなの　おとぎばなしだろ？」
「はいだー。その　ドラゴン《どらごん》を
うごかしてた　おらたち、イシシ《いしし》と。」
「ノシシ《のしし》だ!!」

「なつかしいだなあ。」
三《さん》にんが、むかしを
おもいだして
にやにやしている

ところへ、おいしそうな
においが ただよってきました。
おなか ペコペコ《ぺこぺこ》の 三《さん》にんは、その
においに すいよせられていきます。
すると、そこには——。

ブルドッグ《ぶるどっぐ》の おじいさんが、
大《おお》きな なべの まえで、
なきくずれていました。

さしだされた　大《おお》きな　なべを、三《さん》にんが　のぞきこむと――

あじの　しみた　だいこんと　じゃがいもの
おでんが、たっぷり　はいって　いました。
三《さん》にんが　すいよせられた　においは、これだったのです。

「おいしそうだ。」

「たまらないだ。」

「たのむ、たべさせてくれ！」

「ああ。すきなだけ、たべておくれ。」

そう　いわれたとたん、三《さん》にんは、おでんなべに
かおを　つっこんで、だしじるも　のこさず、
あっと　いうまに、たいらげて　しまいました。

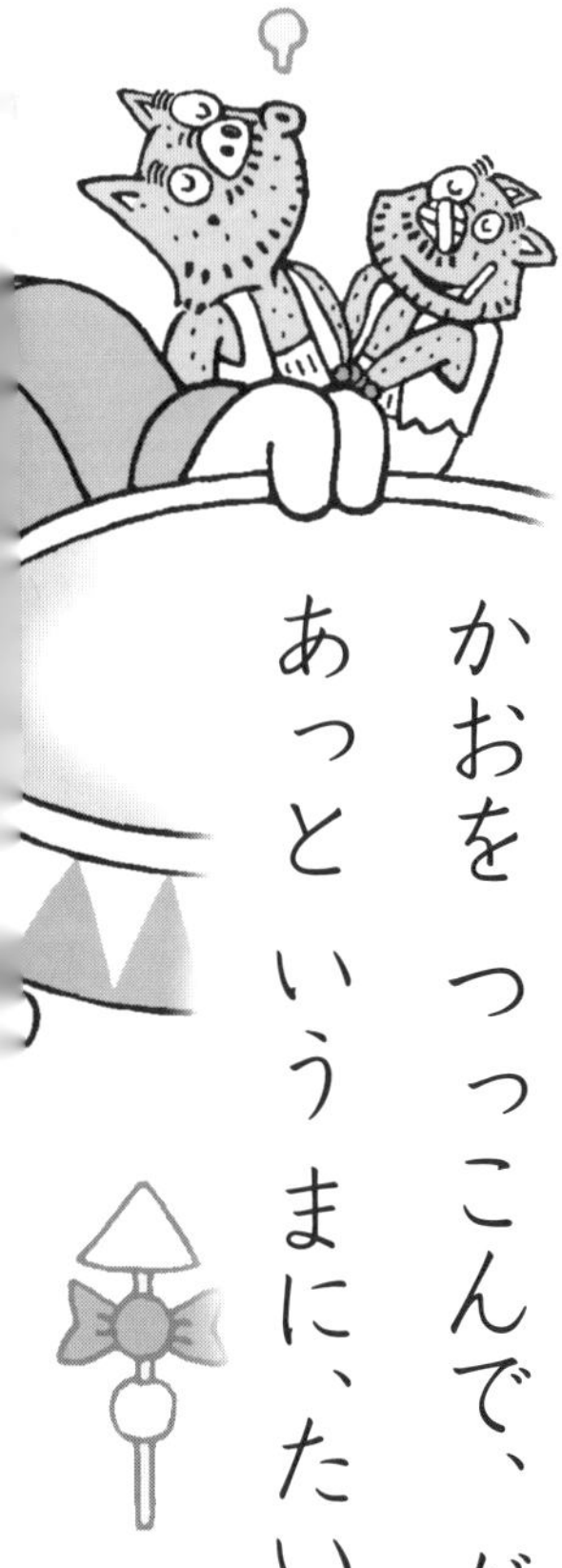

「だがな、もう　二《に》どと　つくる　気《き》には　なれないよ。」

「えっ？　どうして。」

ゾロリ《ぞろり》が　ふしぎそうに　たずねると、ブラン《ぶらん》は　だまって、みんなを　うらの　はたけへ　あんないしました。

そこには、ボキボキ《ぼきぼき》に　おれた
だいこんと　きずだらけの
じゃがいもが、あたり
いちめんに　ころがって
いたのです。
「こ、これは　ひどい。」
みんなが　ためいきを
つくほど、はたけは
あらされています。

空《そら》から
大《おお》きな　ドラゴン《どらごん》が

おりてきてな、はりめぐらした いばらの いけがきを けちらし、わしの はたけで 大《おお》あばれしたんじゃ。この 年《とし》よりには、もう もとに もどす 気力《きりょく》は のこっておらんよ。
ほら、やっぱり ドラゴン《どらごん》は、いるんだわ。
よーし、ごちそうに なった おれいに、その ドラゴン《どらごん》が 二《に》どと はたけを あらさないよう、おれさまたちが たいじしてやるぜ!!

ゾロリ《ぞろり》が、せんげんした ときです。

きょ大《だい》な ドラゴン《どらごん》が、空《そら》から あらわれたのです。

ゾロリ《ぞろり》たちが 目《め》を まるくしていると、ドラゴン《どらごん》の 足《あし》もとに、つるぎを もった しょうねんが とびだしてきました。

マーサ《まーさ》が さけびましたが、

ドラゴン《どらごん》の　足《あし》は、
ようしゃ　なく　アルゼル《あるぜる》の
上《うえ》に　おりてきて、もう
にげられそうに　ありません。

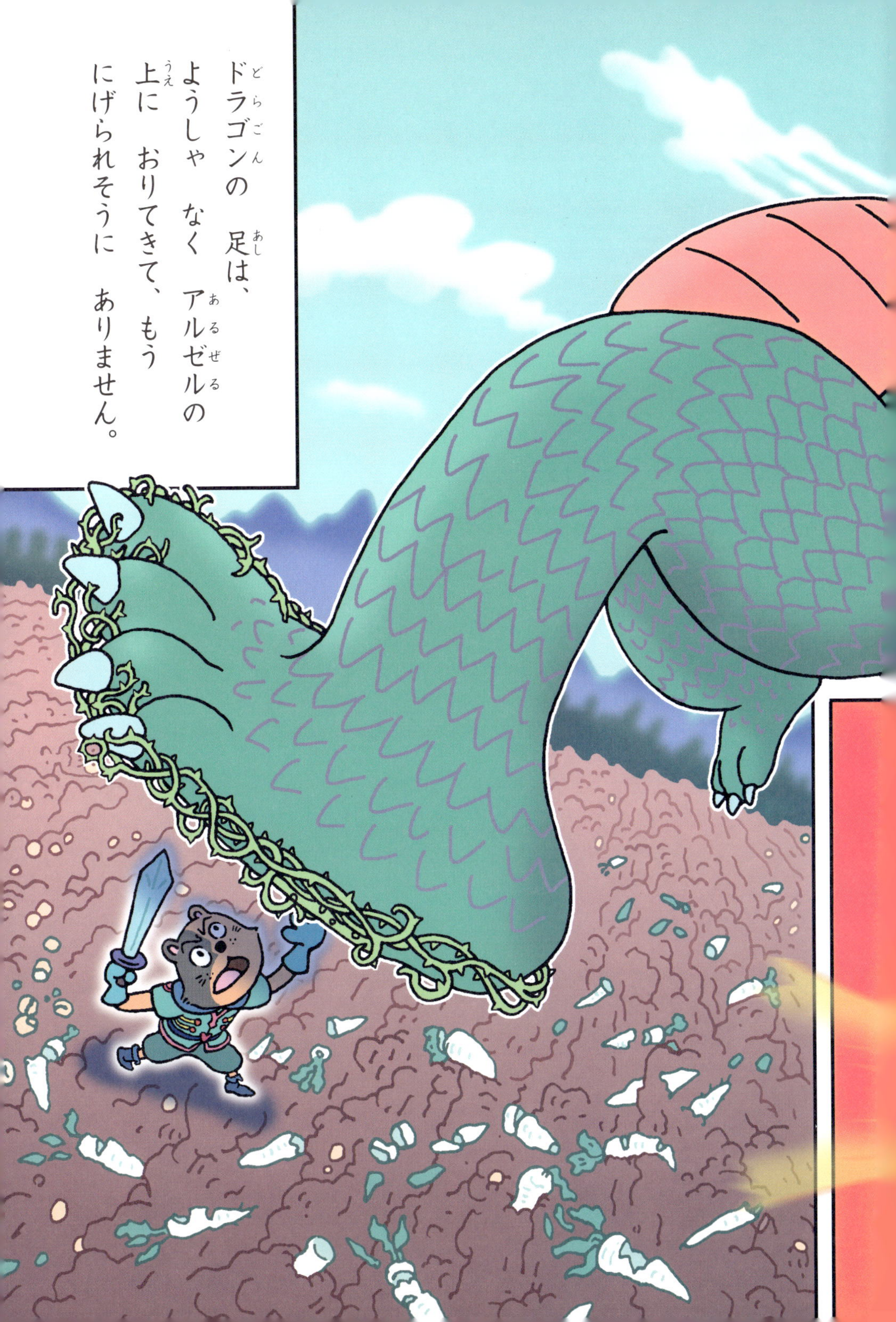

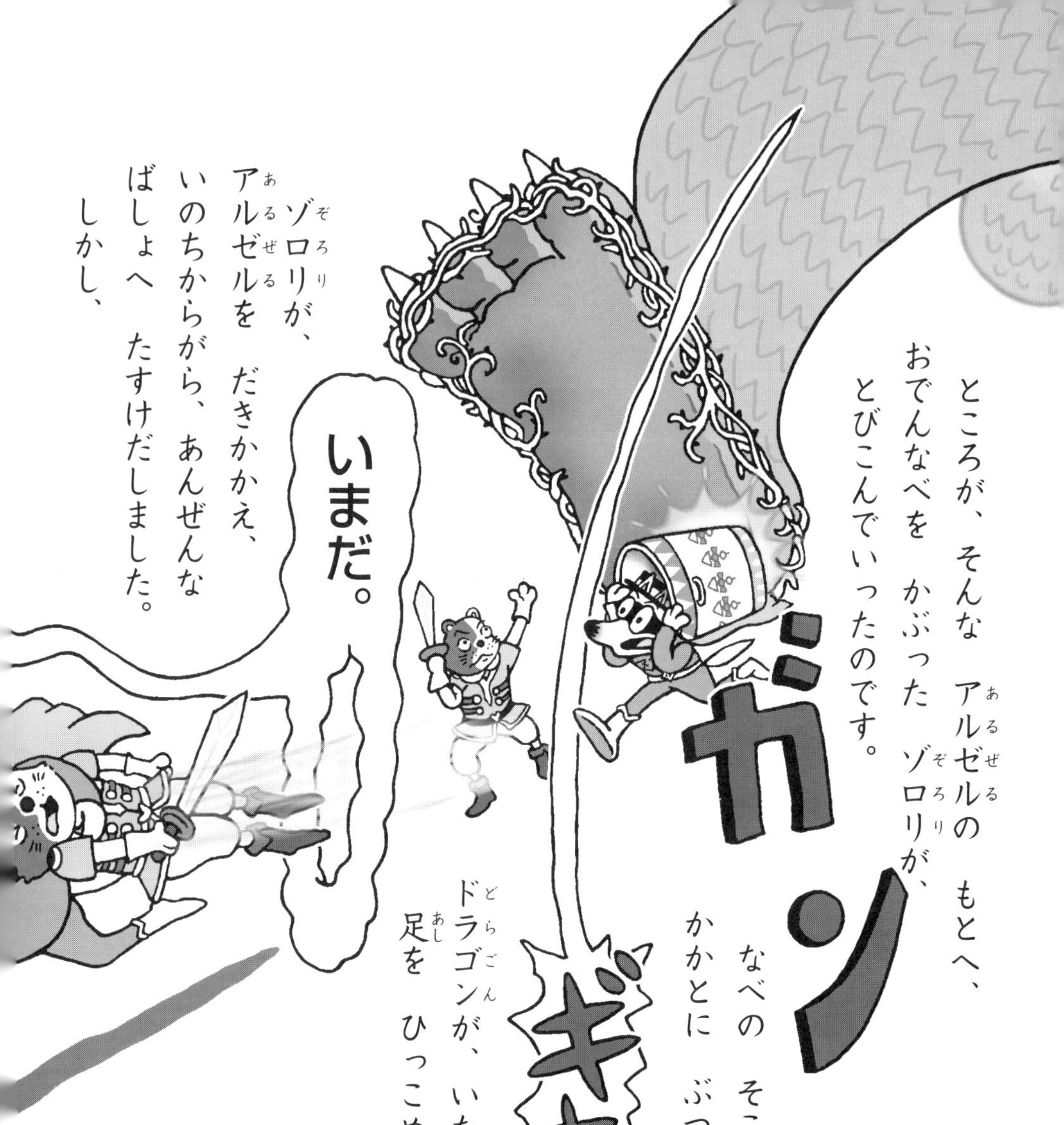

ところが、そんな　アルゼル《あるぜる》の　もとへ、
おでんなべを　かぶった　ゾロリ《ぞろり》が、
とびこんでいったのです。

なべの　そこが、ドラゴン《どらごん》の　足《あし》の
かかとに　ぶつかったのでしょう。

ドラゴン《どらごん》が、いたそうに
足《あし》を　ひっこめました。

ゾロリ《ぞろり》が、
アルゼル《あるぜる》を　だきかかえ、
いのちからがら、あんぜんな
ばしょへ　たすけだしました。
しかし、

よーし、
もういちどだ!!

アルゼル《あるぜる》は、ふたたび　ドラゴン《どらごん》に
むかっていこうとするのです。
ゾロリ《ぞろり》は、あわてて　力《ちから》を　こめて、
とめました。

はなしてください。ぼくは、どうしても
ドラゴン《どらごん》を　たいじしなくちゃ
ならないんです。

しんけんな　まなざしの　アルゼル《あるぜる》を　みた
ゾロリ《ぞろり》は、その　わけを　たずねました。

ぼくの　パパ《ぱぱ》は、むかし、ドラゴン《どらごん》を
たいじして　国王《こくおう》と　なった、
でんせつの　えいゆうなんです。
そんな　いだいな　パパ《ぱぱ》の　あとを
ついで、国王《こくおう》に　なる　じしんなんて、
ぼくには　すこしも　ありませんでした。

でも、ドラゴン《どらごん》が　あらわれたと　きいて、
おもったんです。その　ドラゴン《どらごん》を
たいじできれば、きっと、ぼくも
パパ《ぱぱ》のように、国王《こくおう》として　みとめて
もらえる　はずだって。
だから、この　チャンス《ちゃんす》を、のがす
わけには　いかないんです。

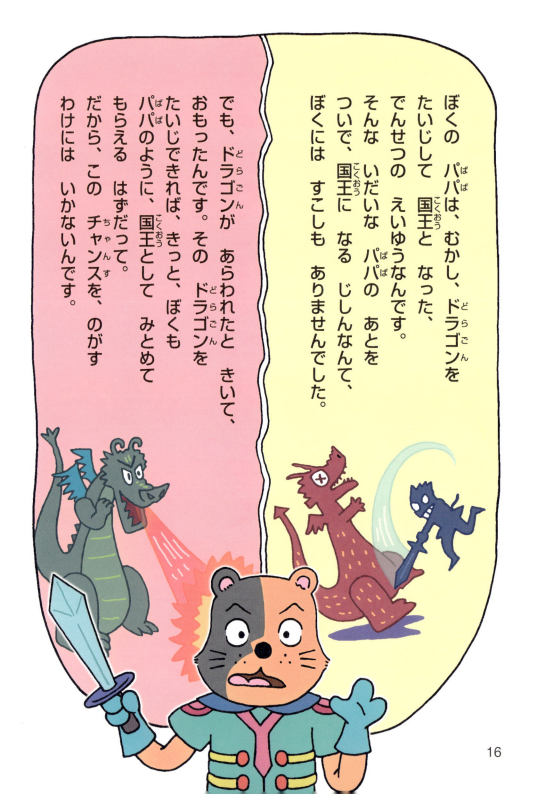

かんがえてみれば、ゾロリ《ぞろり》だって、パパ《ぱぱ》の
つくった ゾロリ《ぞろり》じょうより りっぱな
しろを じぶんの 力《ちから》で たて、
ママ《まま》に みとめてもらいたくて、
たびに でたような ものです。
子《こ》どもとして、パパ《ぱぱ》と ならびたい、
さらに こえたい アルゼル《あるぜる》の 気《き》もちが、
ゾロリ《ぞろり》には いたいほど よく わかります。

よし、おうえんするぜ。だがな、

アルゼル《あるぜる》が、目《め》を　かがやかせました。

「ざんねんながら、ここには　それを　つくる

ざいりょうが、みあたらないのさ。」
ゾロリ《ぞろり》が　つぶやくと、
「そこの　なやに　ある　どうぐを、
すきに　つかえば　いい。わしは　もう、
はたけは　やめると、きめたからな。」
ブラン《ぶらん》が、なやを　ゆびさしました。
「ありがとよ。」
とびらを　あけて、中《なか》を　のぞいた
ゾロリ《ぞろり》は、声《こえ》を　あげました。

ゾロリ《ぞろり》は、『ドラゴン《どらごん》たいじ』で
つくった、ぶきや　そうびを
おもいだしてみました。
すると、

しかし、いまは　ほんものの
ドラゴン《どらごん》と　たたかうための、
きょうりょくな　ぶきと
そうびを、かんがえなくては
なりません。
三《さん》にんは、ちえを　ふりしぼって、
こんな　ものを　つくりあげました。

それも　そのはず。
あのときは、ライバル《らいばる》の　アーサー《あーさー》に
インチキ《いんちき》な　ぶきや　そうびを　うりつける
ことが、もくてきだったからです。

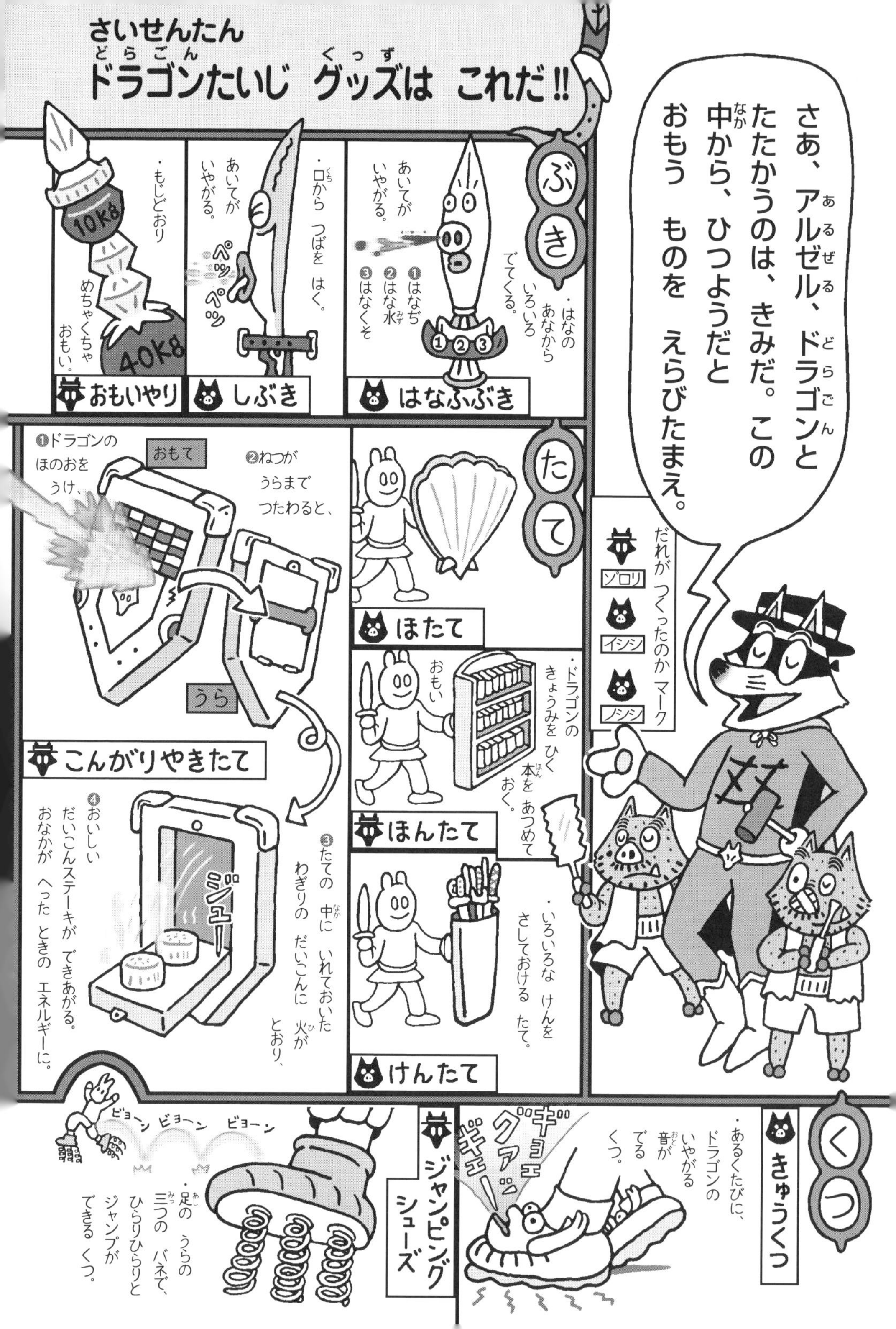

さいせんたん
ドラゴン《どらごん》たいじ グッズ《ぐっず》は これだ!!
さあ、アルゼル《あるぜる》、ドラゴン《どらごん》とたたかうのは、きみだ。この中《なか》から、ひつようだと おもう ものを えらびたまえ。
だれが つくったのか マーク
ゾロリ
イシシ
ノシシ
ぶき
・もじどおり めちゃくちゃ おもい。
10kg
40kg
おもいやり
・口《くち》から つばを はく。
あいてが いやがる。
ペッ ペッ
しぶき
・はなの あなから いろいろ でてくる。
❶はなぢ ❷はな水《みず》 ❸はなくそ
あいてが いやがる。
はなふぶき
たて
❶ドラゴンの ほのおを うけ、
おもて
❷ねつが うらまで つたわると、
うら
こんがりやきたて
❸たての 中《なか》に いれておいた わぎりの だいこんに 火《ひ》が とおり、
❹おいしい だいこんステーキが できあがる。 おなかが へった ときの エネルギーに。
ジュー
ほたて
・ドラゴンの きょうみを ひく 本《ほん》を あつめて おく。
おもい
ほんたて
・いろいろな けんを さしておける たて。
けんたて
くつ
・あるくたびに、 ドラゴンの いやがる 音《おと》が でる くつ。
きゅうくつ
ギョエ
グァ
ギェー
ジャンピングシューズ
・足《あし》の うらの 三《みっ》つの バネで、 ひらりひらりと ジャンプが できる くつ。
ビョーン ビョーン ビョーン

ゾロリ《ぞろり》に　いわれた
アルゼル《あるぜる》が、これぞと
おもう　ものを　みに　つけ、

「では、いってきます。ゾロリ《ぞろり》しょう。」

はりきって　でかけようと
すると、ゾロリ《ぞろり》に　かたを
つかまれました。

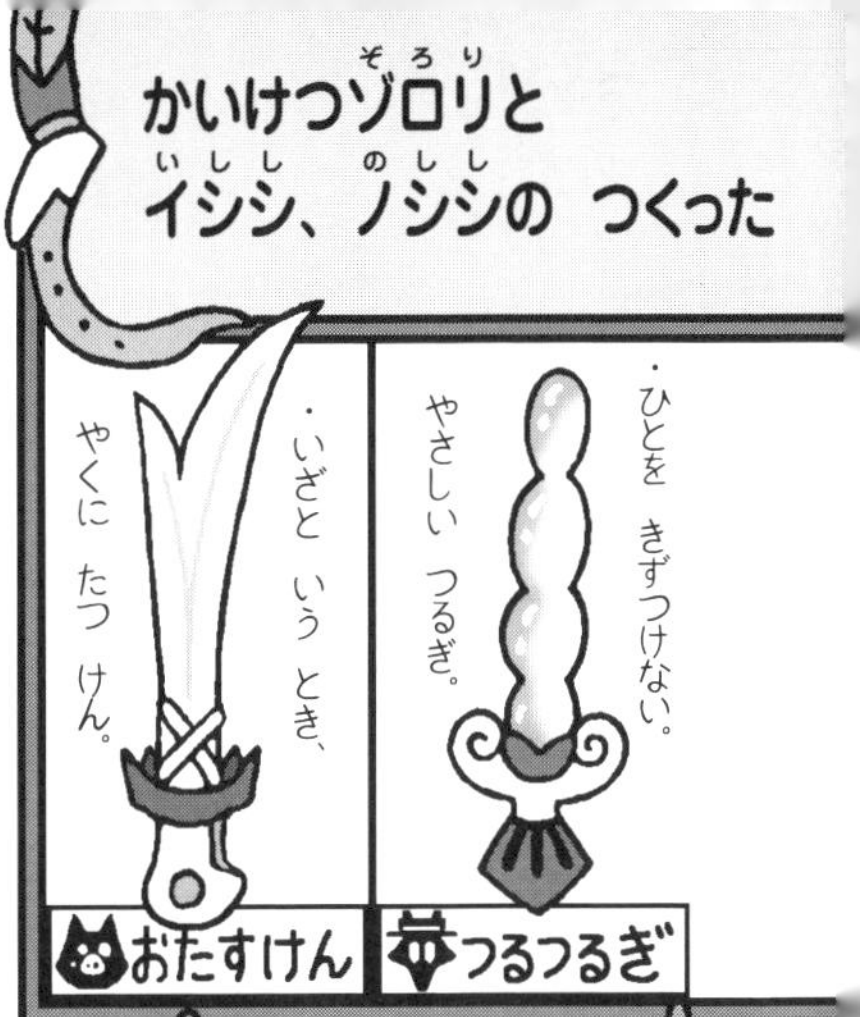

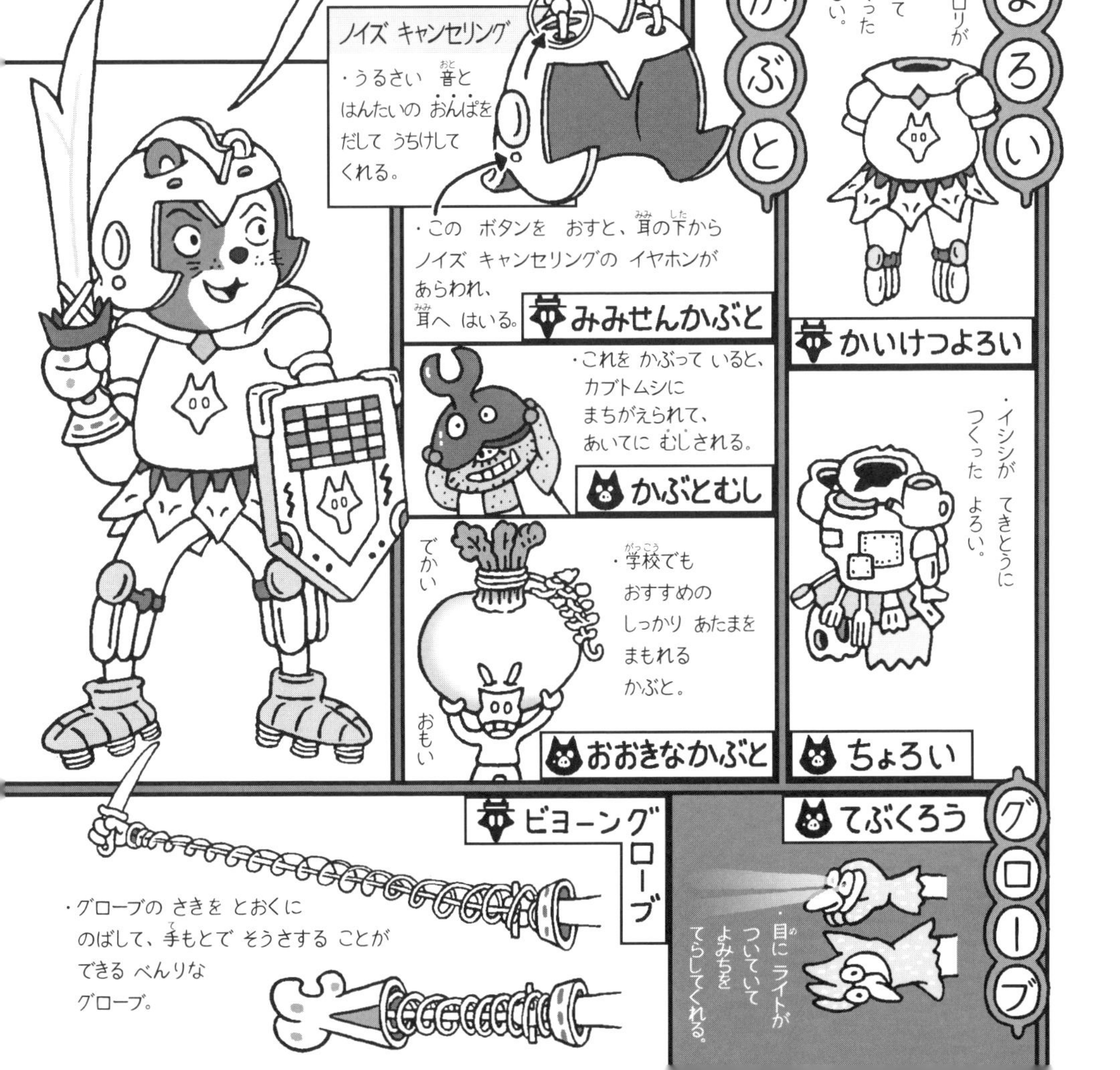

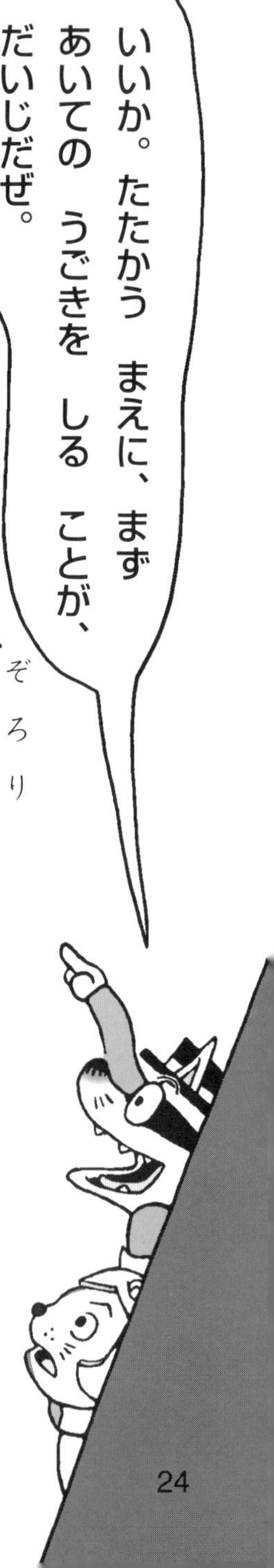
いいか。たたかう まえに、まず
あいての うごきを しる ことが、
だいじだぜ。

ゾロリ《ぞろり》ししょうの
アドバイス《あどばいす》どおり、アルゼル《あるぜる》は、なやの
まどから、ドラゴン《どらごん》を かんさつしてみました。
ドラゴン《どらごん》は、じめんに 足《あし》が つくたび、大声《おおごえ》を
あげて たおれこみ、右《みぎ》に 左《ひだり》に 大《おお》あばれ。
へたに ちかづけば、ふみつぶされて
しまうでしょう。
どの タイミング《たいみんぐ》で でていけば

いいのか、まったく よめません。
ところが、しばらくすると、
チャンス《ちゃんす》が めぐってきました。
つかれはてたのか、ドラゴン《どらごん》が
しりもちを ついて、すわりこんだのです。
「いまですね、ゾロリ《ぞろり》ししょう!!」
アルゼル《あるぜる》が、けんを もって
とびだしていこうとすると、
「まって!!」

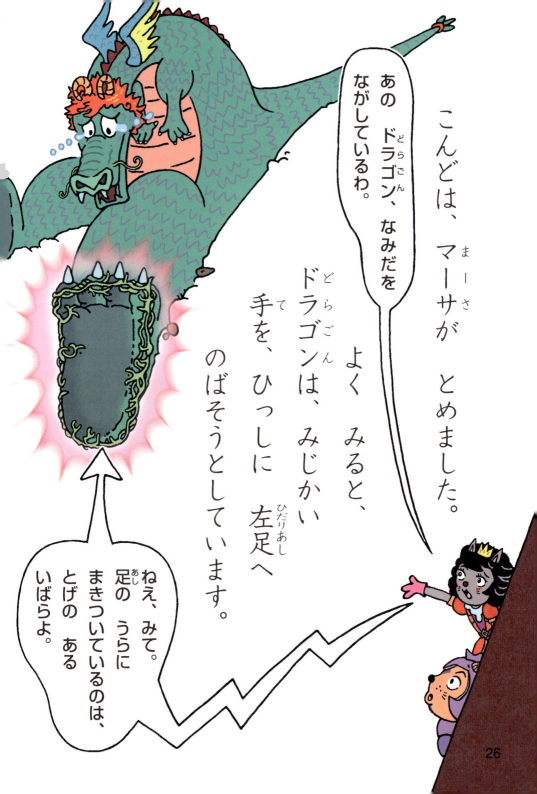

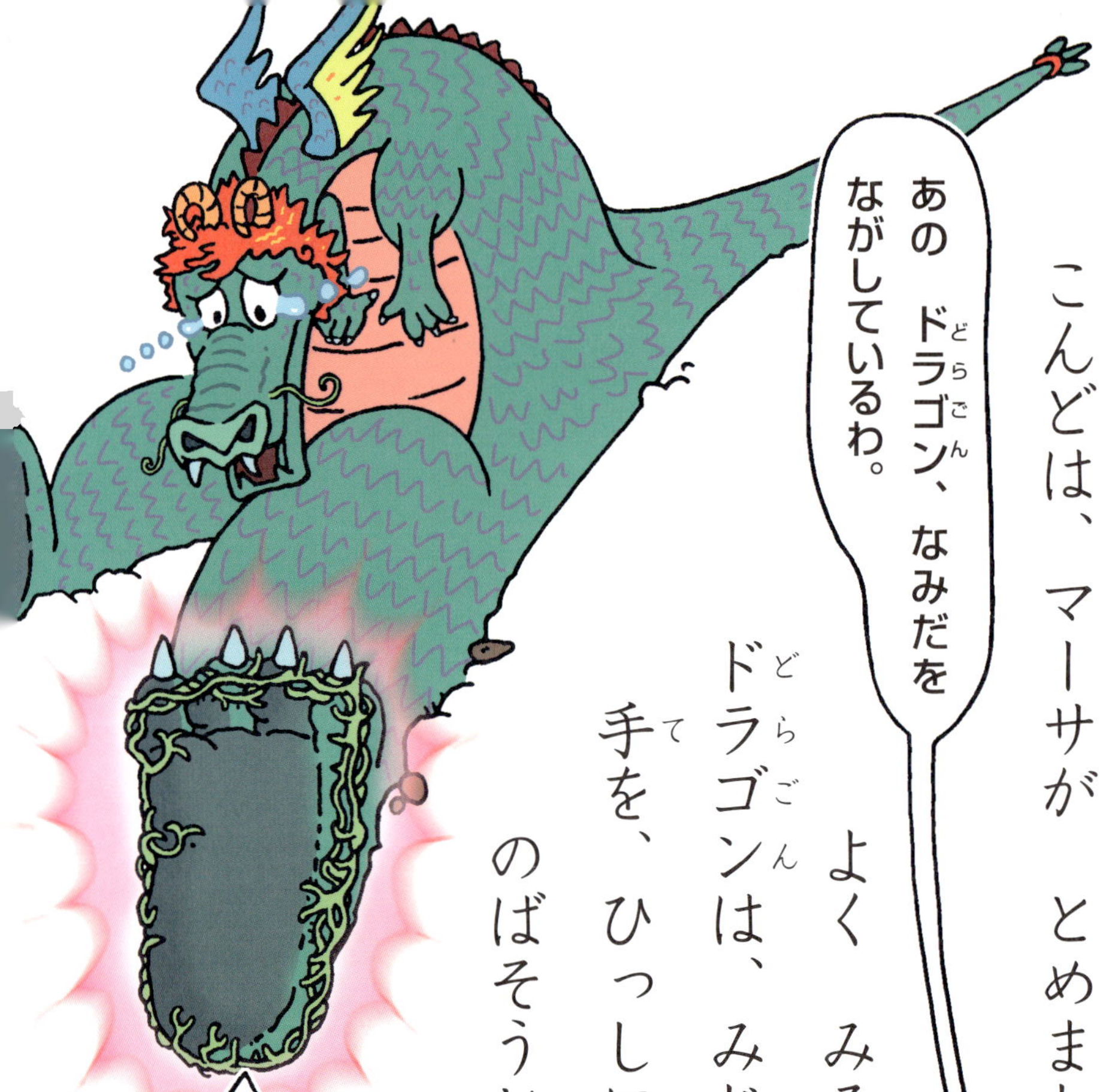

こんどは、マーサ《まーさ》が　とめました。

よく　みると、
ドラゴン《どらごん》は、みじかい
手《て》を、ひっしに　左足《ひだりあし》へ
のばそうとしています。

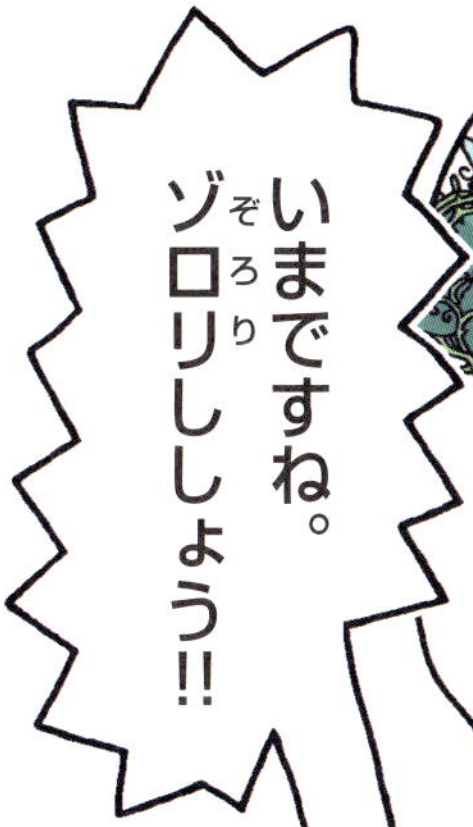

ドラゴン《どらごん》は、あるくたびに　とげが　足《あし》に
くいこみ、いたくて　あばれていたのです。
「なるほど、おれさまが　アルゼル《あるぜる》を　たすけに
いった　とき、かぶっていた　なべが、
あの　いばらに　あたったから、足《あし》を
ひっこめたのか。」
でていこうとする
アルゼル《あるぜる》の　まえに、

ゾロリ《ぞろり》が　立《た》ちはだかりました。
「よわっている　ものを
やっつけるなんて、
えいゆうの　やる　ことじゃ　ないな。
こんな　とき、しんの　えいゆうは、
まず　いばらを　とって
やるんじゃ　ないのか？」
「そうよ、おにいちゃん。
あの　ドラゴン《どらごん》、

はたけを　あらしに　きた　わけじゃ
なかったのよ。ただ、いたくて
あばれてたの。なんとか　して
あげましょ。」
ドラゴン《どらごん》が　じっとしている
いまなら、みんなの　力《ちから》で　いばらを
とってあげられるかもしれません。
ゾロリ《ぞろり》たちは、いったん　なやへ　もどると、いばらを
とるための　どうぐを　つくる　ことに　しました。

アルゼル《あるぜる》は、なやに はいると、くわを
みつけて ひらめきました。
これを いばらに かけて ひっぱれば、とれるんじゃ ありませんか？
いい かんがえだ。でも、あの 大《おお》きな 足《あし》に とどかせるには みじかいな。だが、くわを ながくして、五《ご》にんで きょうりょくすれば、いけるはずだぜ!!
ゾロリ《ぞろり》の ていあんで、

みんなは それぞれの くわの
、えに ぼうを
くくりつけて、
ながい
くわを
つくりました。

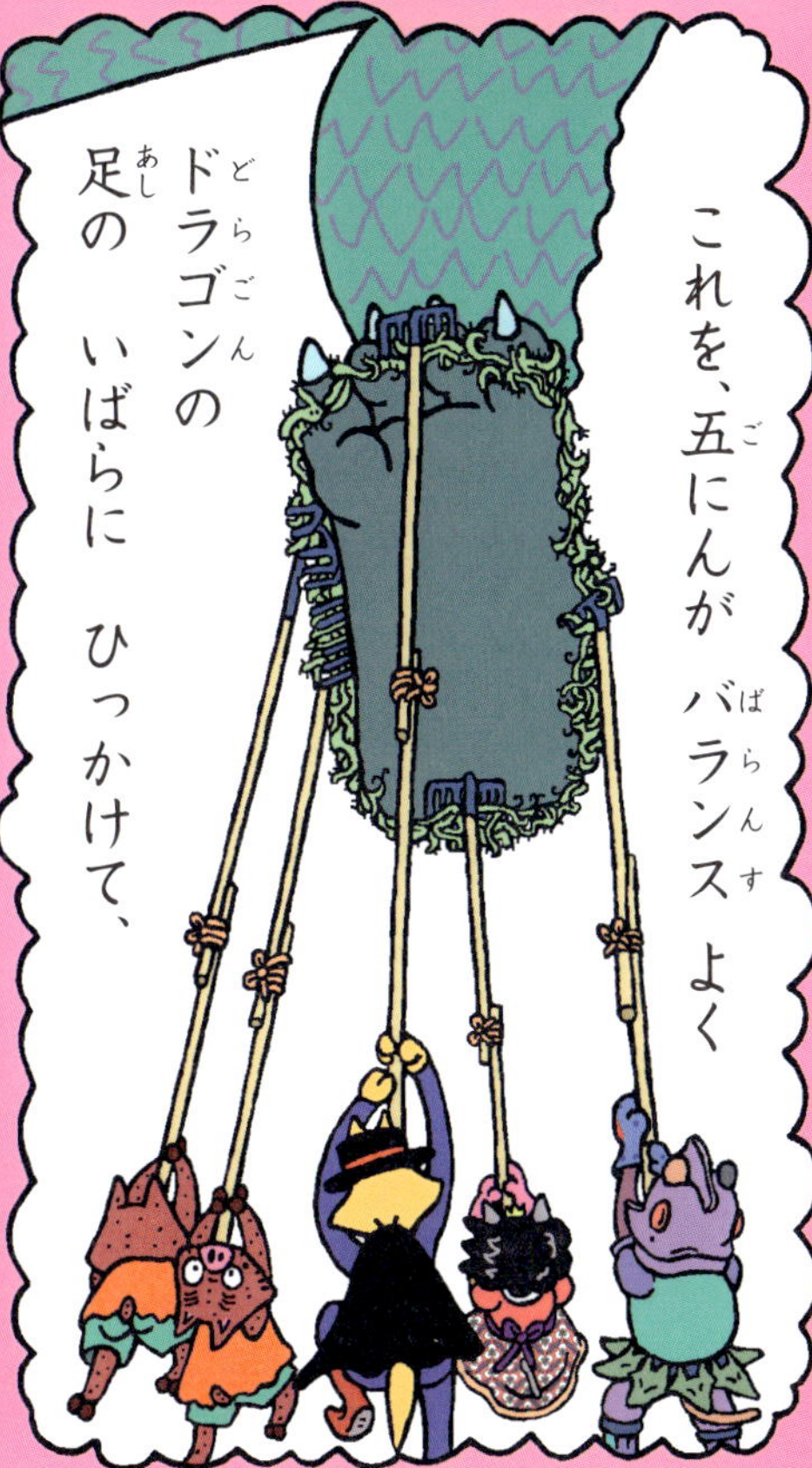

これを、五《ご》にんが　バランス《ばらんす》　よく
ドラゴン《どらごん》の
足《あし》の　いばらに　ひっかけて、

力《ちから》を
あわせて
ひっぱれば、
こんなふうに
いばらを　とって
あげられる　はずです。
でも——。

いきなり、ながい　くわを
もった　五《ご》にんが
目《め》の　まえに
あらわれたら、
ドラゴン《どらごん》は
おどろいて、
とんで　にげていって
しまうかもしれません。
そこで——。

五《ご》にんは、ようすを　うかがい
ながら　そとに　でると、
ドラゴン《どらごん》の　うごきを　しばらく
とめる　ほうほうを、かんがえる
ことに　しました。

しかし、どの　アイディア《あいでぃあ》も、
きめ手《て》に　かける　ものばかりです。
この　はなしあいの　さわがしさに、
ちかくの　くさむらで　ねていた　だいじゃが、
目《め》を　さましてしまいました。
だいじゃにとって、この　五《ご》にんは
ごちそうです。
さらに、つけあわせの　じゃがバター《ばたー》まで
あるのですから、もう　たまりません。

五《ご》にん　ぜんいんを
ひとのみに　しようと、
大《おお》きな　口《くち》を　あけ、
おそいかかってきました。

みんな、くものこを
ちらすように
にげだしました。
でも、ゾロリ《ぞろり》は
だいじゃを　みたとたん、

これだー。

なにかが　ひらめいたのでしょう。
イシシ《いしし》の　つくった　じゃがバター《ばたー》を　つかみ――

はしりだしました。
だいじゃは、
おいしそうな
じゃがバター《ばたー》の
においを
ふりまきながら
にげる　ゾロリ《ぞろり》を、
おいかけていきます。

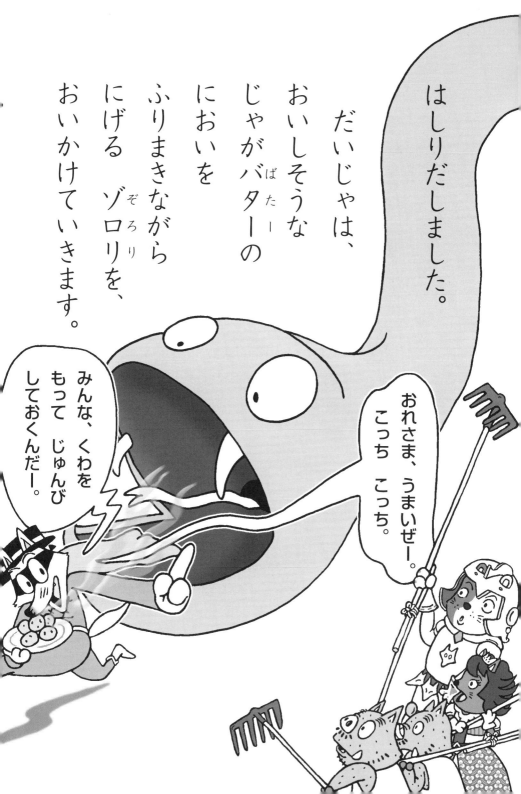

ゾロリ《ぞろり》は、のこった 四《よ》にんに そう いって、
ドラゴン《どらごん》の もとへ まっしぐら。
右足《みぎあし》に とびのると、その つめに
ひとつずつ、じゃがバター《ばたー》を
さしていきます。
ドラゴン《どらごん》が、おどろいて
とびたとうと
した とき、

おいかけてきた
だいじゃが、
ゾロリ《ぞろり》と
じゃがバター《ばたー》を　ひとのみに　しようと、
大口《おおぐち》を　あけて　おそってきたのです。
ゾロリ《ぞろり》が、
ひらりと　みを
かわした
ので、

だいじゃは　ドラゴン《どらごん》の
右足《みぎあし》を、口《くち》の　中《なか》へ
ほおばる　ことに　なってしまいました。
とびたとうとする　ドラゴン《どらごん》に、空《そら》に
つれていかれては　たいへんだと、
だいじゃは　ちかくの　大木《たいぼく》に
からだを　まきつけ、ふんばります。
その　けっか、ドラゴン《どらごん》は
とびたてなくなりました。

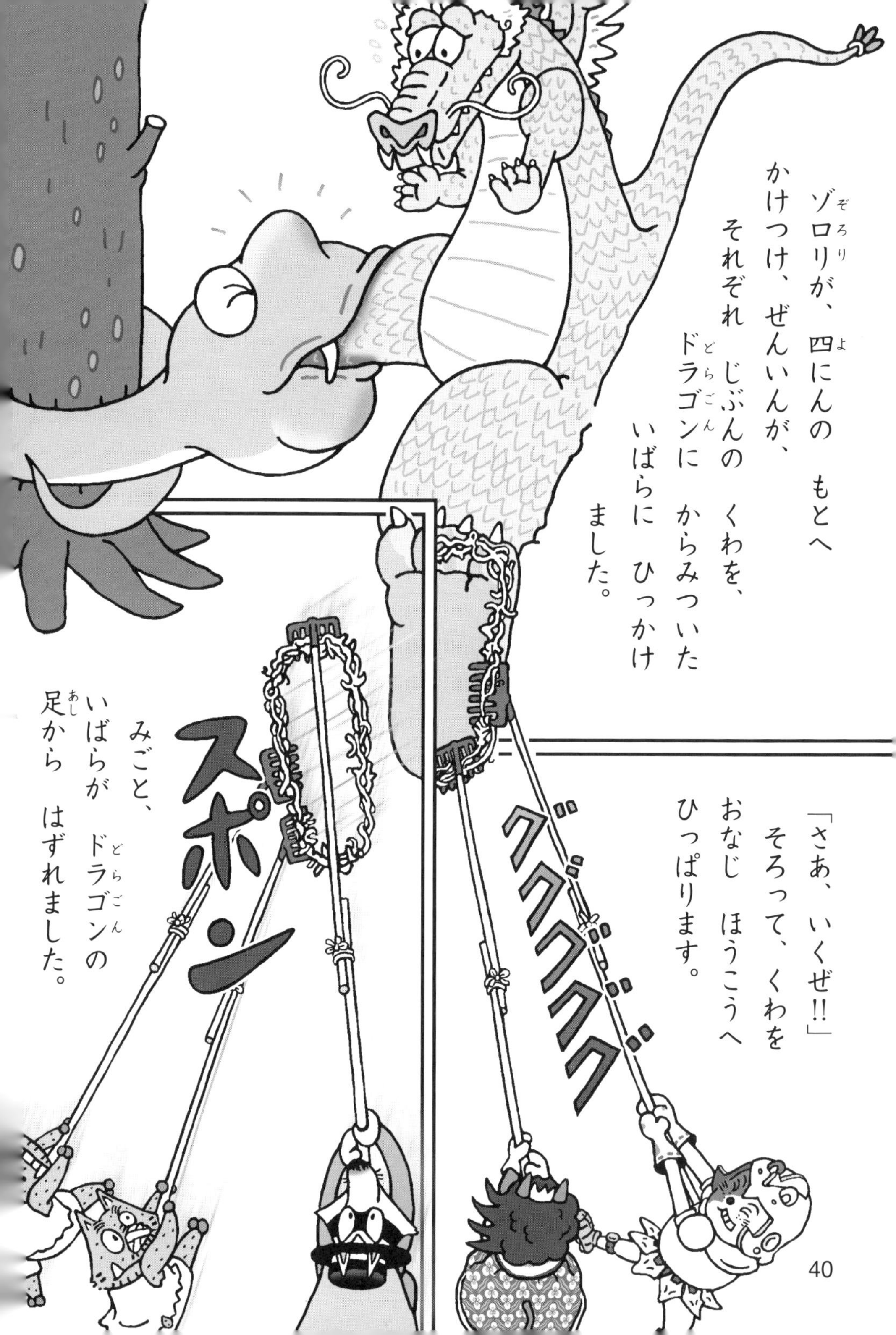

ゾロリ《ぞろり》が、四《よ》にんの　もとへ
かけつけ、ぜんいんが、
それぞれ　じぶんの　くわを、
ドラゴン《どらごん》に　からみついた
いばらに　ひっかけ
ました。

「さあ、いくぜ!!」
そろって、くわを
おなじ　ほうこうへ
ひっぱります。

みごと、
いばらが　ドラゴン《どらごん》の
足《あし》から　はずれました。

「やったー。大《だい》せいこう!!」
ゾロリ《ぞろり》たちが　よろこんで
いると、マーサ《まーさ》が、

まだ　だめよ。とげの　ささった　きずに
ばいきんが　はいったら、ドラゴン《どらごん》は　もっと
いたがって、さらに　あばれだすかもしれないわ。
ちゃんと　手《て》あてを　してあげなくちゃ。

くすりばこから、きずぐすりを
とりだしました。
でも——

ひっしに
はばたいている
ドラゴン《どらごん》の　足《あし》は、いまにも　だいじゃの
口《くち》から　ぬけでてしまいそうです。
もう、手《て》あてを　する　よゆうは
ありません。
そのとき、イシシ《いしし》と　ノシシ《のしし》は、マーサ《まーさ》の　かかえた
くすりばこの　中《なか》に、ねむりぐすりを　みつけました。

「よし、おらたちが　これを

ドラゴン《どらごん》に　のませてくるだ。」

「びんの　中《なか》、ぜんぶ　のませれば、
きっと　グッスリ《ぐっすり》　ねむってくれるだよ。」

「ナイス《ないす》　アイディア《あいでぃあ》。たのんだぜ、イシシ《いしし》、ノシシ《のしし》。」

「はいだー。」

ねむりぐすりを　手《て》に、イシシ《いしし》と　ノシシ《のしし》は、
ドラゴン《どらごん》の　からだに　とびついて、
ヒョイヒョイ《ひょいひょい》と　のぼって
いきました。

ふたりは、ドラゴン《どらごん》の　かおへ
たどりつくと、まず　ノシシ《のしし》が
はなの　あなを　くすぐります。
すると、くしゃみが　でそうに　なった
ドラゴン《どらごん》は、大《おお》きく　口《くち》を　あけました。
「いいぞ!!　ノシシ《のしし》！」
すかさず、イシシ《いしし》が
そこへ　ねむりぐすりを
サラサラサラサラ《さらさらさらさら》、すべて

ほうりこみました。
ところが、

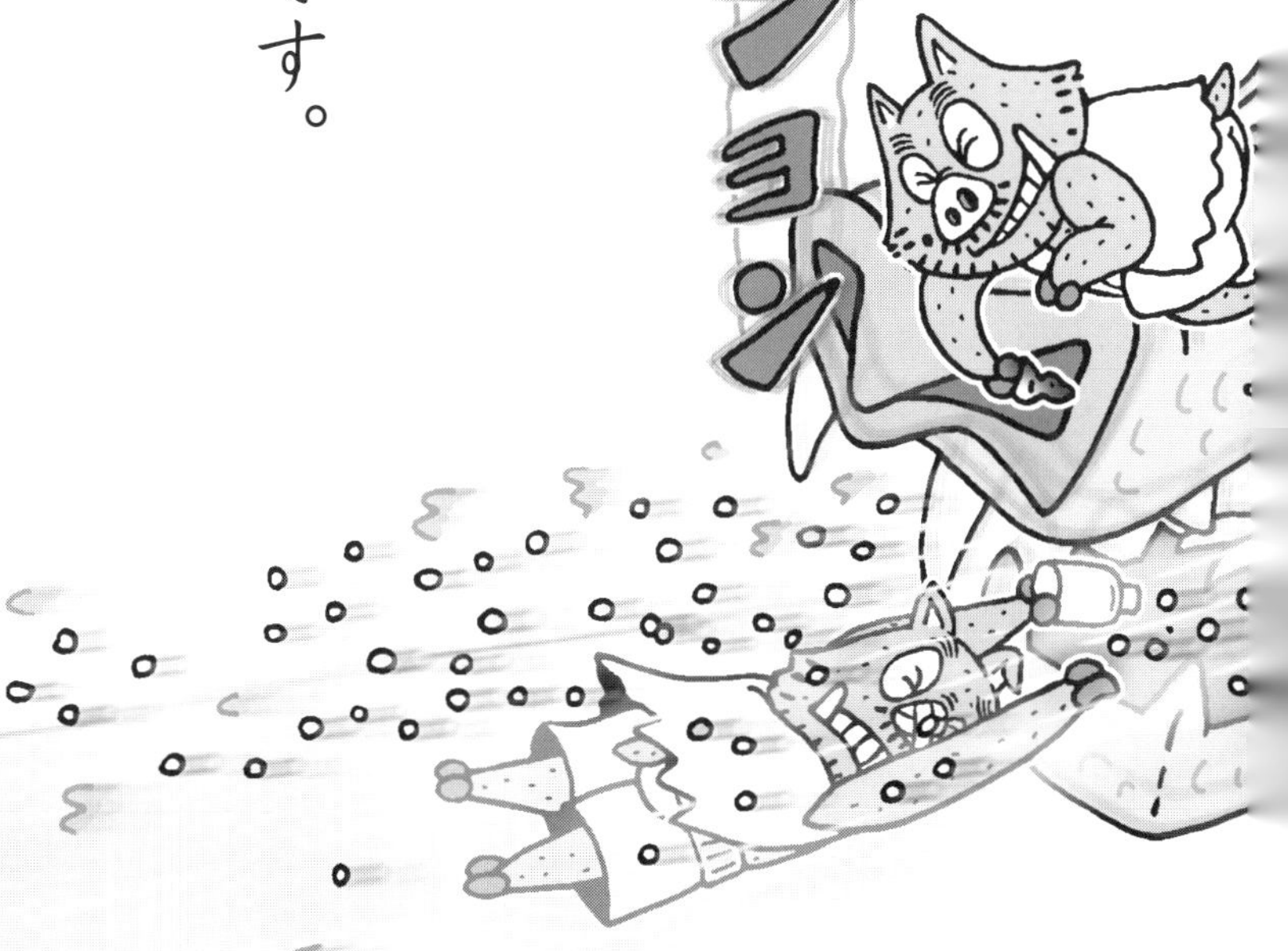

くすりは
ひとつ　のこらず、口《くち》の
そとへ　とびちっていったのです。

「ひえっ!!」
「ど、どうするだ!!」
そんな　ことも　しらずに　下《した》では——

すぐに　手《て》あてが　できるよう、ゾロリ《ぞろり》たちが、
ブラン《ぶらん》から　もらった　シーツ《しーつ》で　つくった　大《おお》きな
ほうたいと、きずぐすりを　よういして、ドラゴン《どらごん》が
ねむるのを　まっています。
と、そこへ、白《しろ》い　くすりが　ふりそそいできたのです。
「ああ、しっぱいか……。」
ゾロリ《ぞろり》は、だいじゃの
口《くち》から　足《あし》を　ぬき、とびさって
いく　ドラゴン《どらごん》を、ただ

みている　ことしか
できないので
しょうか。

ところが、
つぎの
しゅんかん——。

ズズーン

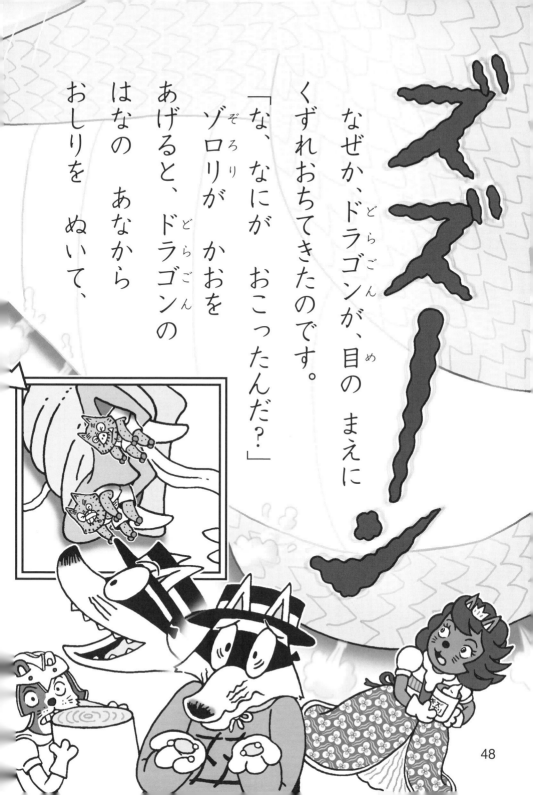

なぜか、ドラゴン《どらごん》が、目《め》の　まえに
くずれおちてきたのです。
「な、なにが　おこったんだ？」
ゾロリ《ぞろり》が　かおを
あげると、ドラゴン《どらごん》の
はなの　あなから
おしりを　ぬいて、

こちらに　はしってくる
イシシ《いしし》と　ノシシ《のしし》が
みえました。
「そうか。その　手《て》が
あったか。おまえたちの
おならは　きょうれつだから、
ドラゴン《どらごん》も　きぜつしたんだな。
でかしたぜ。イシシ《いしし》、ノシシ《のしし》。」
ゾロリ《ぞろり》たちは、すぐ　ドラゴン《どらごん》に　かけより、

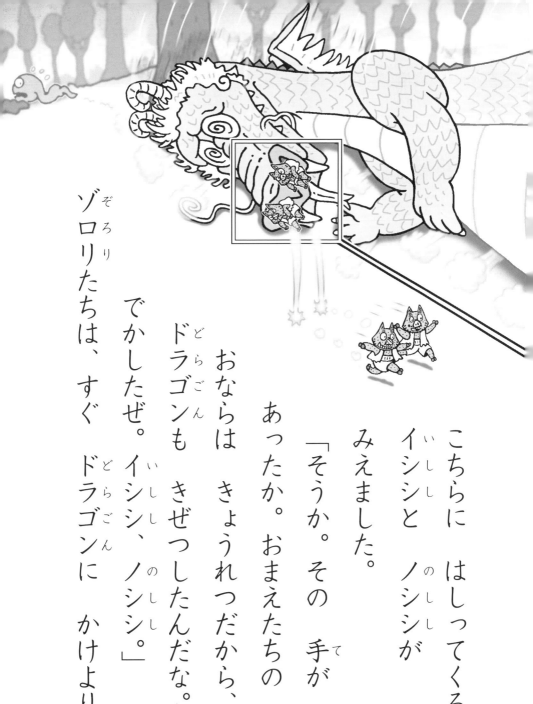

けがした　左足《ひだりあし》に　きずぐすりを
ぬりこみ、シーツ《しーつ》の　ほうたいを
まいてあげました。
ふーっ。これで　よし。マーサ《まーさ》も　アルゼル《あるぜる》も、よく　がんばった。
ドラゴン《どらごん》も、目《め》を　さました　ころには、いたみも　ひいて、かえっていくはずよ。

もう　ゆうぐれだ。そろそろ、きみたちは　かえったほうが　いいな。
ゾロリ《ぞろり》が、マーサ《まーさ》と　アルゼル《あるぜる》を　おくりだそうとすると――。

あの、ゾロリ《ぞろり》ししょう。
いつか　ぼくも、パパ《ぱぱ》の
ように　ドラゴン《どらごん》たいじを
して、りっぱな
国王《こくおう》に　なれる
日《ひ》が　やって
くるのでしょうか?

しんけんな
目《め》の　アルゼル《あるぜる》に、
ゾロリ《ぞろり》は　だまったままです。
いいかげんな　なぐさめの
ことばなど、かけられなかったのです。

アルゼル《あるぜる》は、マーサ《まーさ》を
つれ、さみしそうに
かえっていきました。

ゾロリ《ぞろり》は、
その　うしろ
すがたを
みおくる
ことしか
できません
でした。

そして、その　よる、
ゾロリ《ぞろり》たちは——

ちかくに みつけた どうくつで、
のじゅくする ことに しました。
ゾロリ《ぞろり》と イシシ《いしし》で、
たき火《び》の ようい。
ノシシ《のしし》は、川《かわ》に 水《みず》を
くみに いっています。

パパ《ぱぱ》に おいつきたい
アルゼル《あるぜる》の 気《き》もちが、

いたいほど　わかる
ゾロリ《ぞろり》の　心《こころ》は、
ゆれうごいていました。
そこへ、
「ただいまー。つめたい　水《みず》、くんできただよ。」
おつかいから　もどってきた　ノシシ《のしし》を
ふりかえって　みた　ゾロリ《ぞろり》と　イシシ《いしし》の
かおが、いっしゅんで　あおざめました。
なんと——

じめんから　かおを　だした
ドラゴン《どらごん》が、ノシシ《のしし》の
足《あし》を　たべようと
していたのです。

ゾロリ《ぞろり》と　イシシ《いしし》は、
あわてて　ノシシ《のしし》の
りょうわきを　かかえて

たすけだしました。
三《さん》にんが、おそいかかって
くる　ドラゴン《どらごん》に　たいして、
みがまえた　ときです。

え〜っ。

そろって　おどろきの
声《こえ》を　あげました。

じめんから　でていたのは、
むかし　ゾロリ《ぞろり》たちが、ライバル《らいばる》の
アーサー《あーさー》を　おどかそうとして
つくりあげた、ドラゴン《どらごん》の
あたまでした。
あたりを　みわたせば、ほかの
ぶひんも、そこ　ここに
ころがっています。
「じゃ　ここは、

アーサー《あーさー》と　おれさまが、
エルゼ《えるぜ》ひめを　とりあった
とき、この　ドラゴン《どらごん》を
つかって　たたかった　どうくつ
なのか？」
それじゃ…。

「ブランさん《ぶらん》は、むかし
おれさまたちが　おでんやたいを
とりあげた、おでんやの　おやじ
だったんじゃ　ないのか？
どうりで、おでんの　あじが
なつかしかった　はずだぜ。」

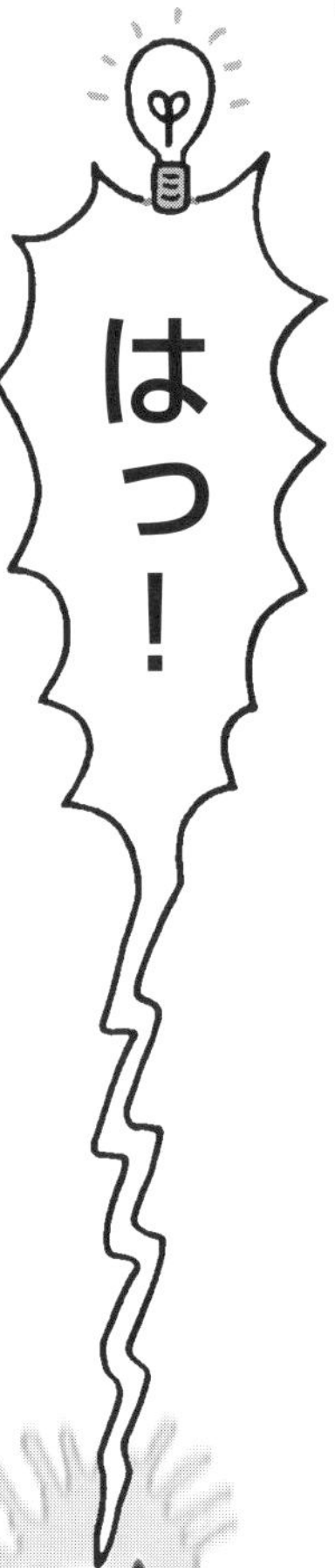

「それに、あの　だいじゃ!!

この　どうくつで、おおむすびを
はきだした　だいじゃだったんだ。」
これで、すべてが　つながりました。
あても　なく　たびを
つづけている　ゾロリ《ぞろり》たちは、
めぐり　めぐって、また
アーサー《あーさー》の　国《くに》に　まよいこんで
いたのです。
と　いう　ことは――。

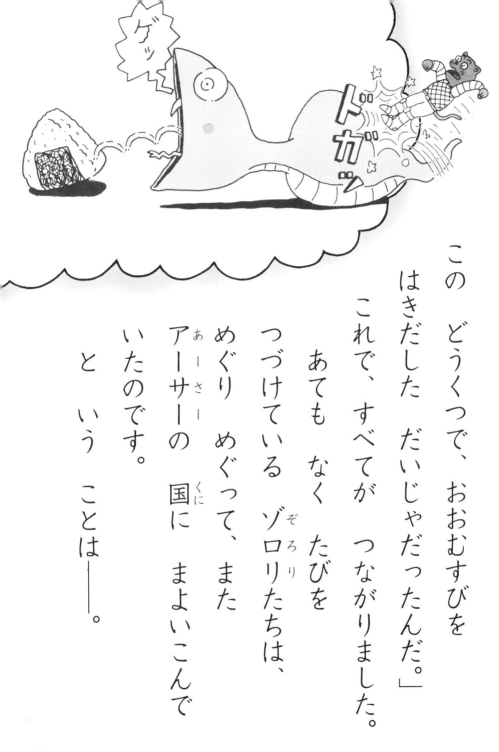

この 国《くに》の あととりと いっていた アルゼル《あるぜる》は、
アーサー《あーさー》と エルゼ《えるぜ》の 子《こ》どもに、 ちがい ありません。
「アーサー《あーさー》の やつ、 おれさまの しかけた
ドラゴン《どらごん》たいじを じまんして、 えいゆうに
なっているのか！ しかも、 それが じぶんの
子《こ》どもの プレッシャー《ぷれっしゃー》に
なっているとも
しらずにな。
かわいそうな

アルゼル《あるぜる》。よーし、
おれさまが　アルゼル《あるぜる》に、
アーサー《あーさー》　いじょうの
ドラゴン《どらごん》たいじを
しかけて、かたせてみせるぜ!!」

ゾロリ《ぞろり》の、アーサー《あーさー》に　たいする
ライバル《らいばる》心《しん》に、火《ひ》が　つきました。
さっそく、ゾロリ《ぞろり》は、どうくつの　ドラゴン《どらごん》の
ぶひんを、すべて　ほりおこし、あつめると――

ひみつ

ふたたび　くみたてなおして、
あの　でんせつの　ドラゴン《どらごん》を
よみがえらせたのです。
しかも、あたらしい　きのうも
ついた　ニューバージョン《にゅーばーじょん》の
ドラゴン《どらごん》です。

ドラゴンミサイル

☆はなの あなから、
ミサイルを はっしゃ
できる。
もくひょうを さだめて、
こうげき できる。

スピーカー

☆おそろしい
なき声《ごえ》を だして
あいてを ビビらせる。

手（て）

☆りょう手《て》を
あわせると まるで
ソファーのように
なる。この 手《て》で
つかまれても、
ここちが いいよ。

かえんほうしゃき

☆まとを しぼって、
ほのおを いっきに
はきだす ことが
できる。

いま あかされる
ゾロリ《ぞろり》 ニュー《にゅー》 ドラゴン《どらごん》の

ゾ《ぞ》ロ《ろ》リ《り》は、かんせいした
ド《ど》ラ《ら》ゴ《ご》ン《ん》の まえに、イ《い》シ《し》シ《し》と
ノ《の》シ《し》シ《し》を よんで、これからの
けいかくを はなしはじめました。

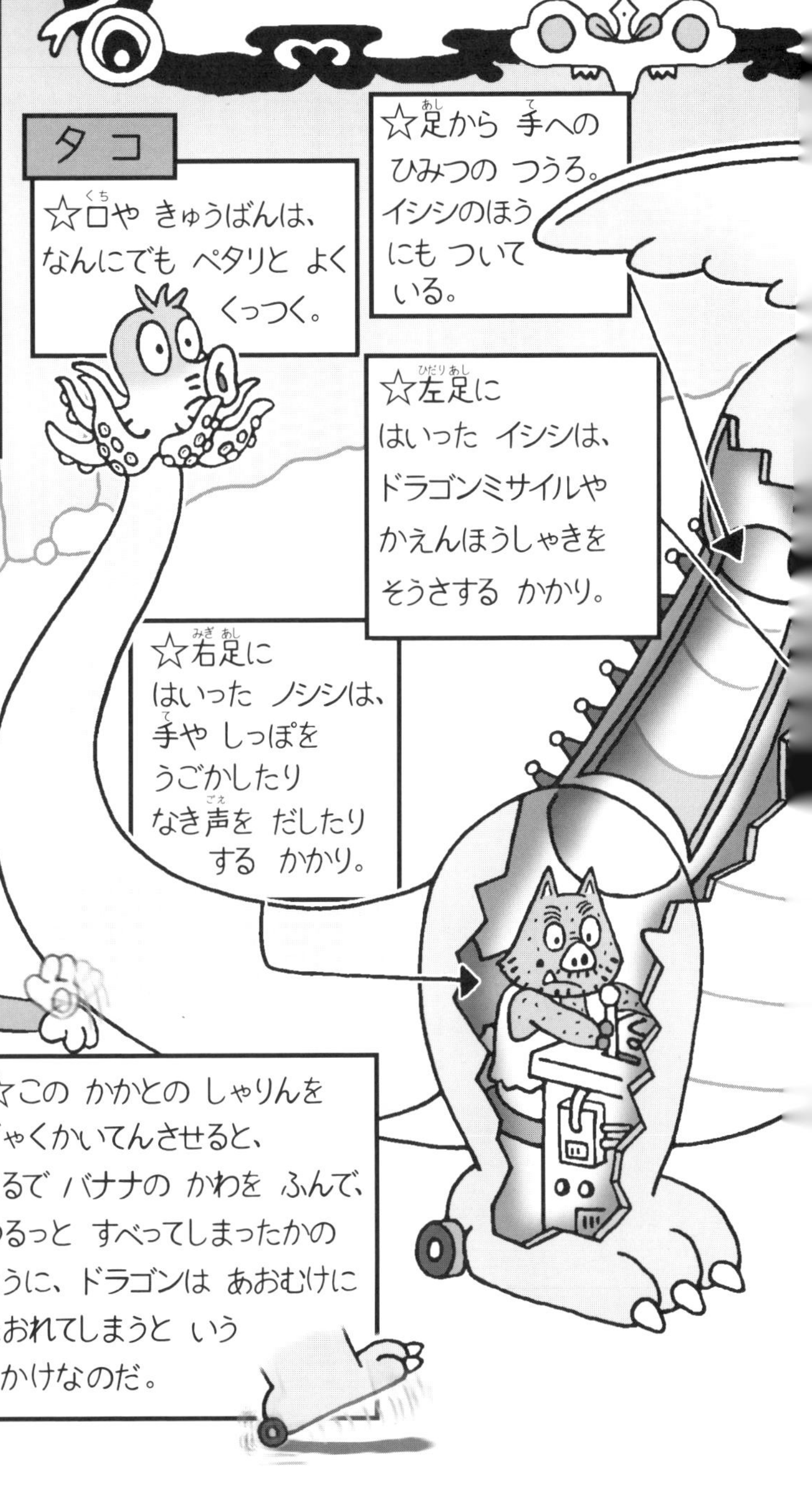

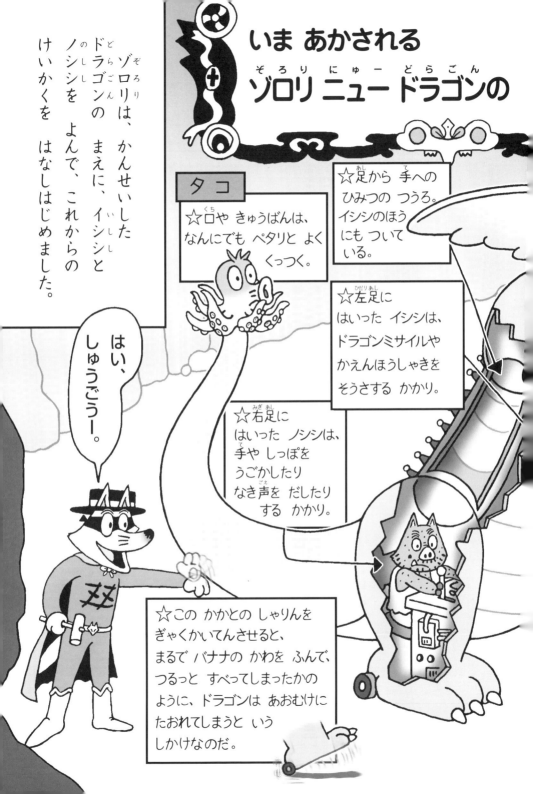

むかし、おれさまは この ドラゴン《どらごん》で、アーサー《あーさー》を やっつけようとしたが、おまえたちの しっぱいで だいなしに なったよな。

すまなかっただ、ゾロリ《ぞろり》せんせ。

こんどこそ、うまく やってみせるだ。

えっ。

どうしてだ!!

いや、こんども あのときの しっぱいを、くりかえして ほしいんだ。

つぎの　日《ひ》。

いいか、ほんものの
ドラゴン《どらごん》から　いばらを
とるために、ゆうかんに
たちむかった　アルゼル《あるぜる》こそ、しんの
えいゆうだ。だから、アーサー《あーさー》の
目《め》の　まえで、アルゼル《あるぜる》が　ドラゴン《どらごん》を
たいじするのを　みせつけて
やるのさ。かかとの　しゃりんを
つかって、アーサー《あーさー》の　ときより　はでに
ころんで、アルゼル《あるぜる》に、
カッチョ《かっちょ》いい　みせばを
つくってやるんだぜ!!

おしろの　にわで、アルゼル《あるぜる》と
マーサ《まーさ》が、おやつを　たべていた
ときです。

バリバリバリーン

かべを　つきやぶって、ドラゴン《どらごん》が
にわに　はいってきました。
ドラゴン《どらごん》は、ショートケーキ《しょーとけーき》を　口《くち》に
ほおばった　マーサ《まーさ》を　さらって、
あっと　いう　まに、にわを
でていきました。

とつぜんの
できごとに、アルゼル《あるぜる》が
ぽかんとしていると――、

かいけつゾロリ《ぞろり》が、
さっそうと　あらわれたのです。
「はっ、ゾロリ《ぞろり》ししょう。」
われに　かえった　アルゼル《あるぜる》は、
ゾロリ《ぞろり》の　さしだした　よろいや
ぶきを、みに　つけはじめました。
その　あいだに　ゾロリ《ぞろり》は、

ちかくで　ふるえていた　うばに、
アーサー《あーさー》あての　手《て》がみを　わたすと、
「じゅんびが　できたな、アルゼル《あるぜる》。
さあ、しゅっぱつだ。」
ふたりは、ドラゴン《どらごん》の　あとを
おいかけていきました。
うばは、あわてて　うけとった
手《て》がみを、アーサー《あーさー》に　とどけます。
そこには――

きみの しっている
どうくつに ふたたび
ドラゴン あらわる!!

と、かいて
ありました。

そして、うばが、その
ドラゴン《どらごん》に マーサ《まーさ》が さらわれ、アルゼル《あるぜる》が
おいかけていった ことを ほうこくすると、
エルゼ《えるぜ》は その ばに なきくずれました。

「もちろんだ、すぐに　ぐんたいを　あつめてくれ！」
アーサー《あーさー》は、けらいに　めいれいしました。
とは　いうものの、この　国《くに》は　ずっと　へいわでした。
しまいこんでいた　ぶきや　よろい　かぶとを
ひっぱりだし、たくさんの　うまも
てはいしなくては　なりません。
とつぜんの　ことに、しろの
中《なか》は、てんやわんやの　大《おお》さわぎ。
じゅんびに　てまどっている　あいだに――

ゾロリ《ぞろり》と　アルゼル《あるぜる》は、どうくつに
とうちゃくしていました。
「さあ、この　中《なか》に　いる
ドラゴン《どらごん》を　たいじして、
マーサ《まーさ》を　たすけだすんだ!!」
「あの……ししょう、ぼく
ひとりで、たいじできますよね？」
ここに　きて、きゅうに　心《こころ》ぼそく
なった　アルゼル《あるぜる》に、ゾロリ《ぞろり》は　いいました。

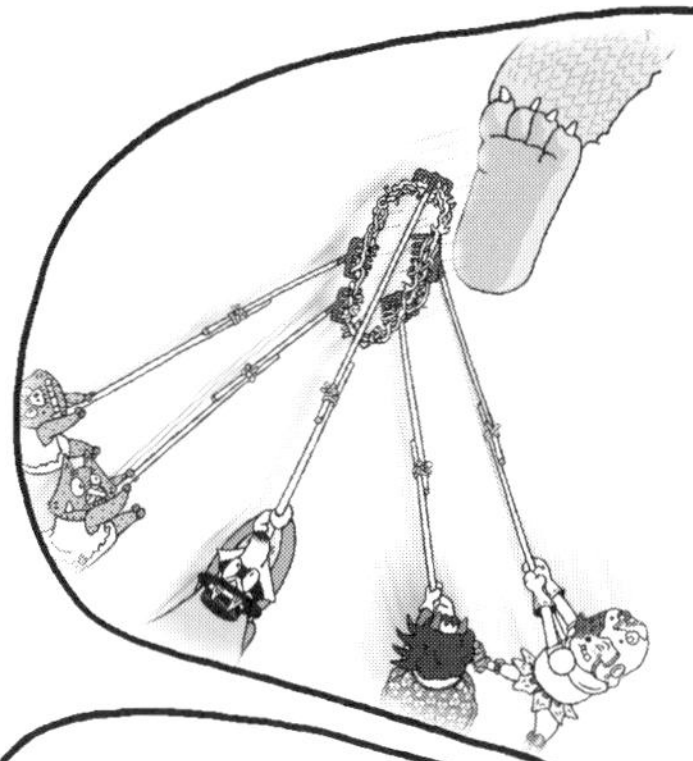

もちろんさ、きみは　いばらを　とってあげるため、
あの　きょ大《だい》な　ドラゴン《どらごん》に、いどんだ
ゆうきが　あるんだ。

おれさまの　どうぐを　うまく　つかいこなし、
ドラゴン《どらごん》の　こうげきを　かいくぐり、
ふところに　とびこめたら、おなか　めがけて
その　けんを　ふりおろすんだ。
ふみつぶされそうに　なっても、
ひるむんじゃ　ないぜ。

「はい!!」

ししょうの　ことばに、せなかを　おされた
アルゼル《あるぜる》が、どうくつへ　はいっていくと——、

❶いきなり、ドラゴン《どらごん》が 火《ひ》を はいて きました。アルゼル《あるぜる》が、たてで みを まもると、

❷ほのおの ねつで、だいこんステーキ《すてーき》が、こんがり やきあがります。たべてみると、ホッコリ《ほっこり》して よゆうも でてきました。

❸つぎの こうげき。ドラゴン《どらごん》ミサイル《みさいる》も くつの バネ《ばね》で ジャンプ《じゃんぷ》して、右《みぎ》に 左《ひだり》に、うまく かわしながら、すすんでいきます。

④もちろん、ドラゴン《どらごん》を
うごかしているのは、
イシシ《いしし》と　ノシシ《のしし》。
アルゼル《あるぜる》に　けがが　ないよう、
そうさしているのです。
ここで、ノシシ《のしし》が　ゾロリ《ぞろり》に　いわれた
とおり、ドラゴン《どらごん》を
ほえさせました。

⑤どうくつに　ひびきわたる
声《こえ》に、アルゼル《あるぜる》は　おもわず
立《た》ちすくんでしまいました。
しかし、

アルゼル《あるぜる》は、
おもいだしたのです。
ゾロリ《ぞろり》が　つくって　くれた
かぶとには、音《おと》を　しゃだん
する　ノイズ《のいず》　キャンセリング《きゃんせりんぐ》
システム《しすてむ》が　とうさい
されていた　ことを。
さっそく　よこの
ボタン《ぼたん》を　おすと、

あたりは、 シーン《しーん》と しずまりかえりました。
これで もう、ドラゴン《どらごん》の 声《こえ》に
おびえる ことは、ありません。
アルゼル《あるぜる》は、けんを かかげ、
むねを はって まえに
すすんでいきます。
さあ、いよいよ
ドラゴン《どらごん》との たいけつです。
ちょうど そこへ、

アーサー《あーさー》が、ぐんたいを
ひきつれて、どうくつの
入《い》り口《ぐち》に　とうちゃくしました。
子《こ》どもたちを　しんぱいして、
ひとりで　どうくつに　とびこんだ
アーサー《あーさー》は、目《め》を　うたがいました。

えっ。

そこに　いたのは、むかし
エルゼ《えるぜ》を　たすけようと、じぶんが　たたかった

ドラゴン《どらごん》だったのです。
しかも、その 手《て》に つかまえられて
いるのは、むすめの マーサ《まーさ》でした。
ドラゴン《どらごん》の まえには、
むすこの アルゼル《あるぜる》が います。
「いま、たすけてやるぞ!!」
ぐんたいを よびよせようと、
どうくつの 入《い》り口《ぐち》に むかう
アーサー《あーさー》に、

「ちょっと　まった！」
とつぜん、ゾロリ《ぞろり》が
あらわれて、とめました。

「はっ、ゾロリ《ぞろり》。
やっぱり　あの
ドラゴン《どらごん》は、おまえの　しわざか。
子《こ》どもたちに　なにを　する。」

「アルゼル《あるぜる》が、ゆうかんにも　ドラゴン《どらごん》と
たたかおうとしてるんだ。　みまもってやれよ。」

そう　ゾロリ《ぞろり》に　いわれても、
おなじように　ドラゴン《どらごん》と　たたかった
ことの　ある　アーサー《あーさー》は、ひとりで　立《た》ちむかう
おそろしさが、みに　しみています。
子《こ》どもを、あぶない　めに
あわせたくは　ありません。
アーサー《あーさー》は　がまんできず、
ぐんたいを　よびこみ、とつげき
させようとしましたが、とつぜん、

口《くち》を　つぐみました。

アルゼル《あるぜる》が、ドラゴン《どらごん》の　ふところへ、一《いっ》ぽ　ふみだしたのを　みたからです。

それが、どんなに　ゆうきの　いる　ことか、アーサー《あーさー》は、みを　もって　しっていました。

「そうさ、アルゼル《あるぜる》を　しんじてやるんだ。」

ゾロリ《ぞろり》が　いった
ときです。

グワォォーン

どうくつを　ゆるがす　ドラゴン《どらごん》の　おたけびは、

ぐんたいさえも　ふるえあがらせました。
しかし、アルゼル《あるぜる》の　耳《みみ》には　とどきません。
ついに、ドラゴン《どらごん》を　どうくつの　おくへ
おいつめた
アルゼル《あるぜる》は、
けんを
ふりあげました。

そのとき、ドラゴン《どらごん》の　足《あし》の　中《なか》では、

イシシ《いしし》と　ノシシ《のしし》が　もめていたのです。

「おらが、右足《みぎあし》の　かかとを　はでに　すべらせて、
たおれてみせるだ。」

ノシシ《のしし》が　いいました。

「いや、おらが　さきに、
左足《ひだりあし》を　すべらせるだ。」

イシシ《いしし》が　いいかえします。

「おらだ!!」

「おらだ!!」

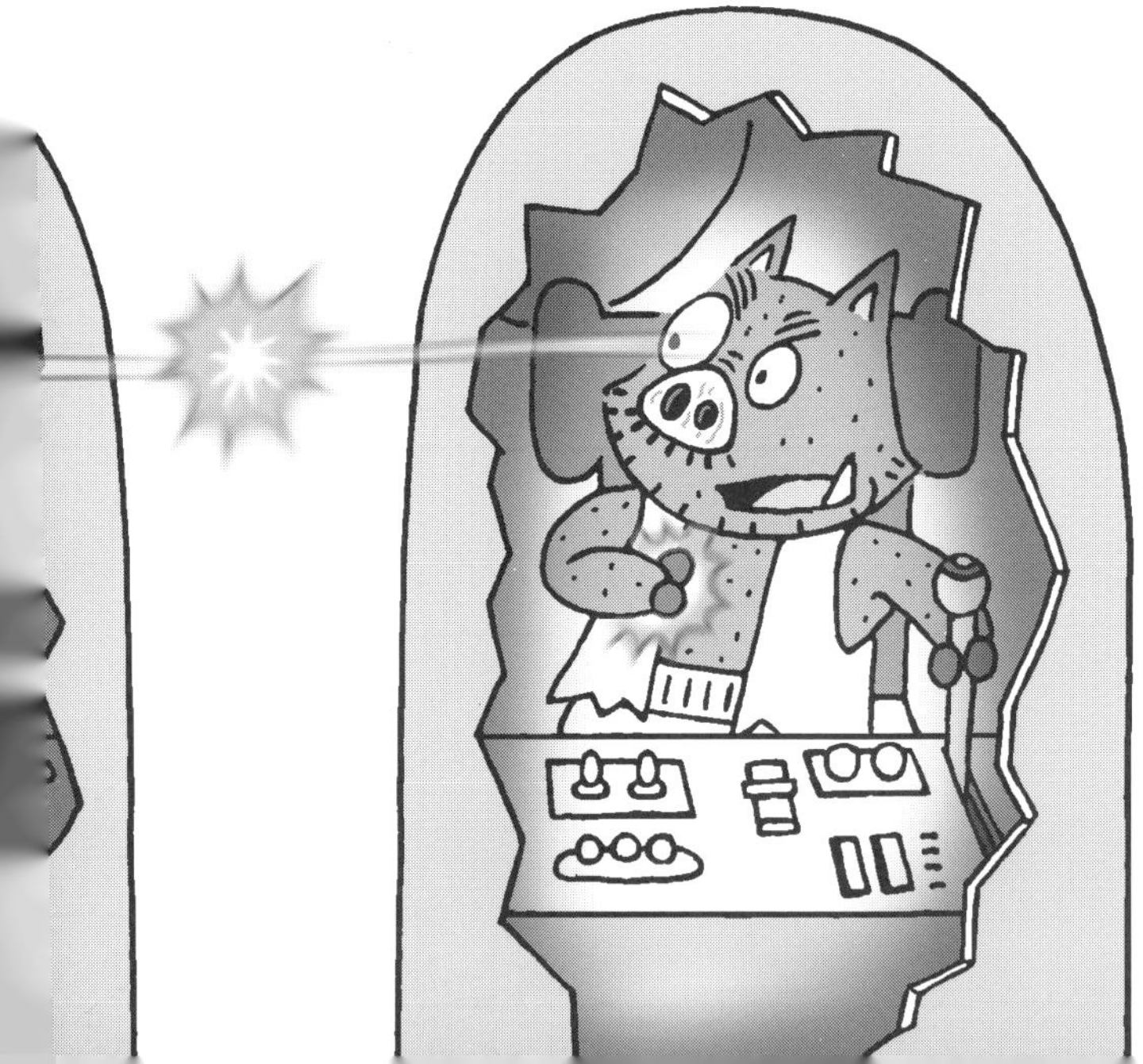

ふたりとも、じぶんだけが
うまく　すべって、ゾロリ《ぞろり》に
ほめられたくなったのです。
そこへ、アルゼル《あるぜる》が　とつぜん、けんを
ふりおろしてきたので、ふたりが、
われさきに　しゃりんを
いきおいよく　まわして
かかとを　すべらせようと
きそった　けっか――

いきおいが　つきすぎて、ドラゴン《どらごん》は　うしろの
かべを　つきやぶり、どうくつの　そとに
とびだしていきました。そのまま　すべって、
だんがいぜっぺきの　いわばに、しっぽの
タコ《たこ》の　口《くち》と　きゅうばんが　すいついて、
かろうじて　とまったのです。
その　ちゅうぶらりんの
ドラゴン《どらごん》に、マーサ《まーさ》が
ひっしに　つかまっています。

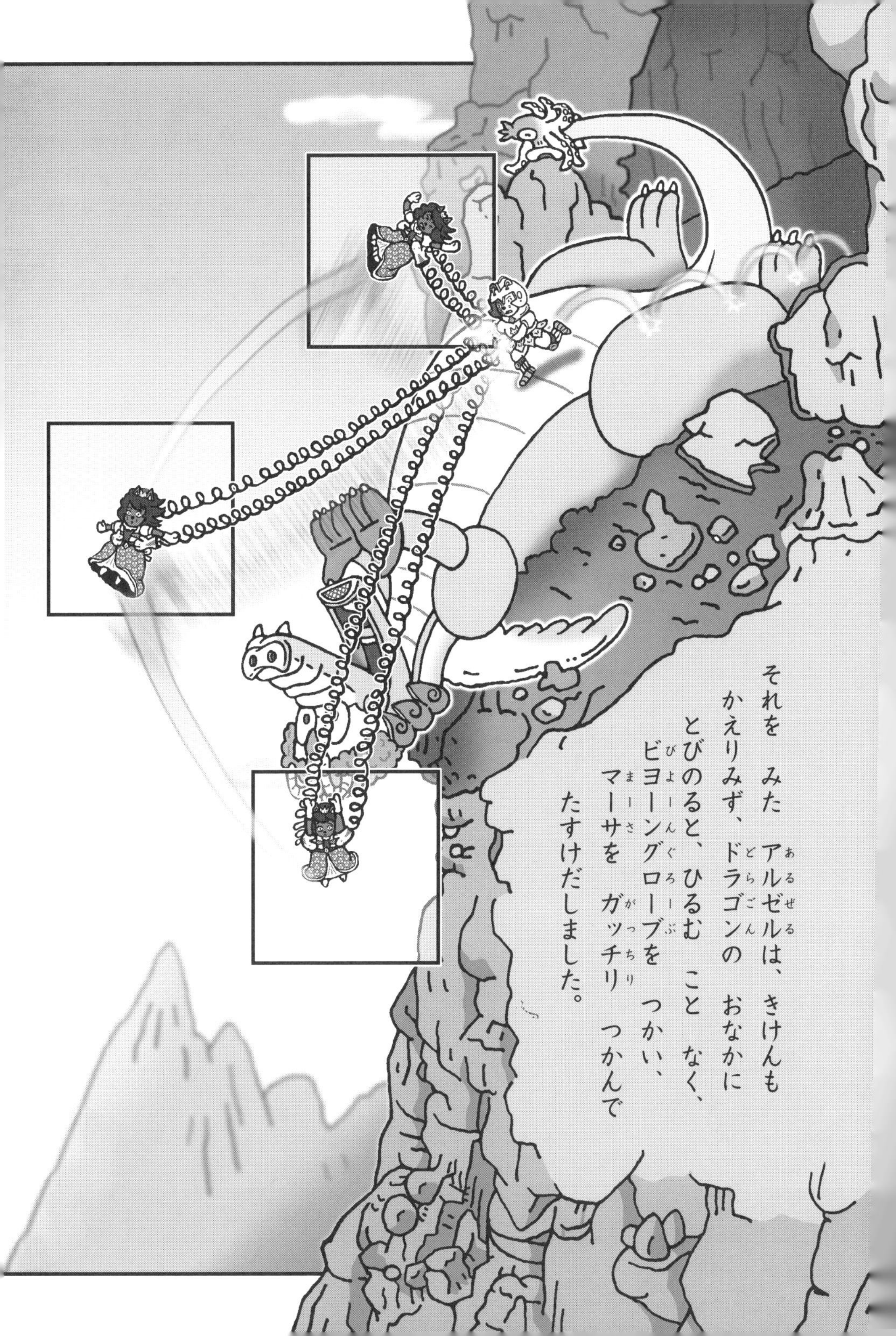

それを　みた　アルゼル《あるぜる》は、きけんも
かえりみず、ドラゴン《どらごん》の　おなかに
とびのると、ひるむ　こと　なく、
ビヨーングローブ《びよーんぐろーぶ》を　つかい、
マーサ《まーさ》を　ガッチリ《がっちり》　つかんで
たすけだしました。

じしんに　みちた
かおで、マーサ《まーさ》を
つれて　もどってきた
アルゼル《あるぜる》の　かたを
たたいて、ゾロリ《ぞろり》は　いいました。
「これで、きみも、りっぱな　国王《こくおう》だぜ。」
つぎに、アーサー《あーさー》の　もとへ　いき、
「おやとして、だまって　子《こ》どもを　みまもるのも、
ドラゴン《どらごん》たいじぐらい　ゆうきが　いるだろ。

でも、子《こ》どもを　しんじてやるのは、おやの
やくめさ。さあ、たのもしい　あとつぎの
たんじょうだ。ほめてやってくれ。」
ゾロリ《ぞろり》は、アーサー《あーさー》の　せなかを、
アルゼル《あるぜる》のほうへ　おしだします。
「よかった、マーサ《まーさ》。
よく　やった、アルゼル《あるぜる》。」
アーサー《あーさー》は、アルゼル《あるぜる》、マーサ《まーさ》の
ぶじを　よろこび、だきよせました。

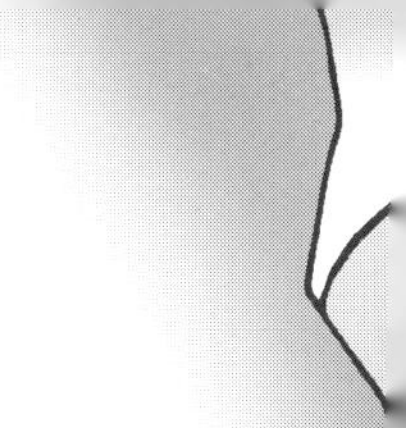

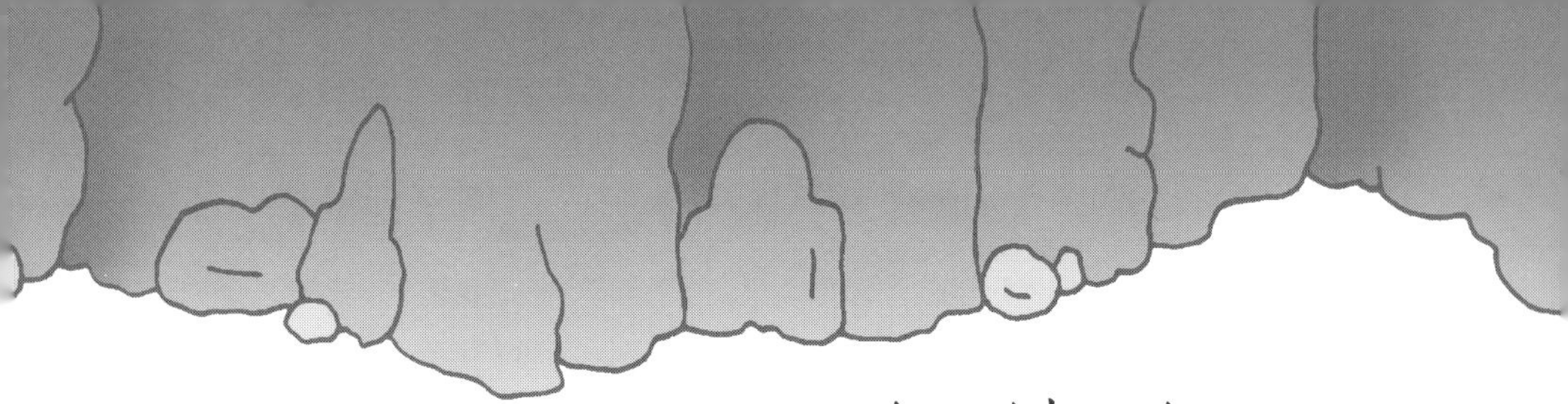

どうくつの　入《い》り口《ぐち》で、　アルゼル《あるぜる》の
かつやくを　まのあたりに　した
けらいたちも、
かんげきしていました。
「アルゼル《あるぜる》さま、　たいじした
ドラゴン《どらごん》を　はこんで
わが　レバンナ《ればんな》王国《おうこく》の
国《こく》みんに　みてもらいましょう。」
そう　いうと、　みんなで

どうくつの　おくへ　むかいました。

たいへんです。
あの　ドラゴン《どらごん》を　しらべられたら、
すぐに　つくりものだと
ばれてしまいます。

そう　いえば、イシシ《いしし》と
ノシシ《のしし》は、がけから　おちそうに
なった　ドラゴン《どらごん》から、ぶじ
だっしゅつできたのでしょうか？

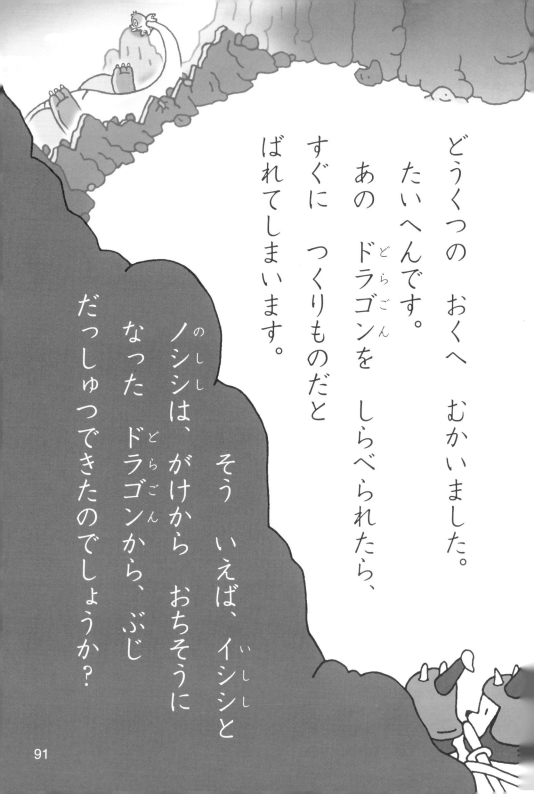

いいえ、まだ
ドラゴン《どらごん》の
中《なか》に　いて、
ひみつの　つうろを
くぐり、手《て》のほうに
いどうしている　ところでした。
さらに、ゾロリ《ぞろり》までが、

この　きけんな　ドラゴン《どらごん》の　中《なか》に、口《くち》から
はいろうとしているでは　ありませんか。
そこに、ワイワイ《わいわい》　ガヤガヤ《がやがや》、アルゼル《あるぜる》たちの
声《こえ》が　ちかづいてきます。
「いそぐぜ!!」
ゾロリ《ぞろり》が、あわてて　ドラゴン《どらごん》に
のりこみ、がけに　すいついていた
しっぽの　タコ《たこ》の　口《くち》と
きゅうばんを　はずすと、

ガラガラヒュー！

いっきに　ドラゴン《どらごん》は、
谷《たに》ぞこに　おちていきます。

「あっ、おそかったか！」

けらいたちは、ひどく　がっかり
しましたが、アルゼル《あるぜる》が
ドラゴン《どらごん》たいじを　した
ことに、かわりは
ありません。

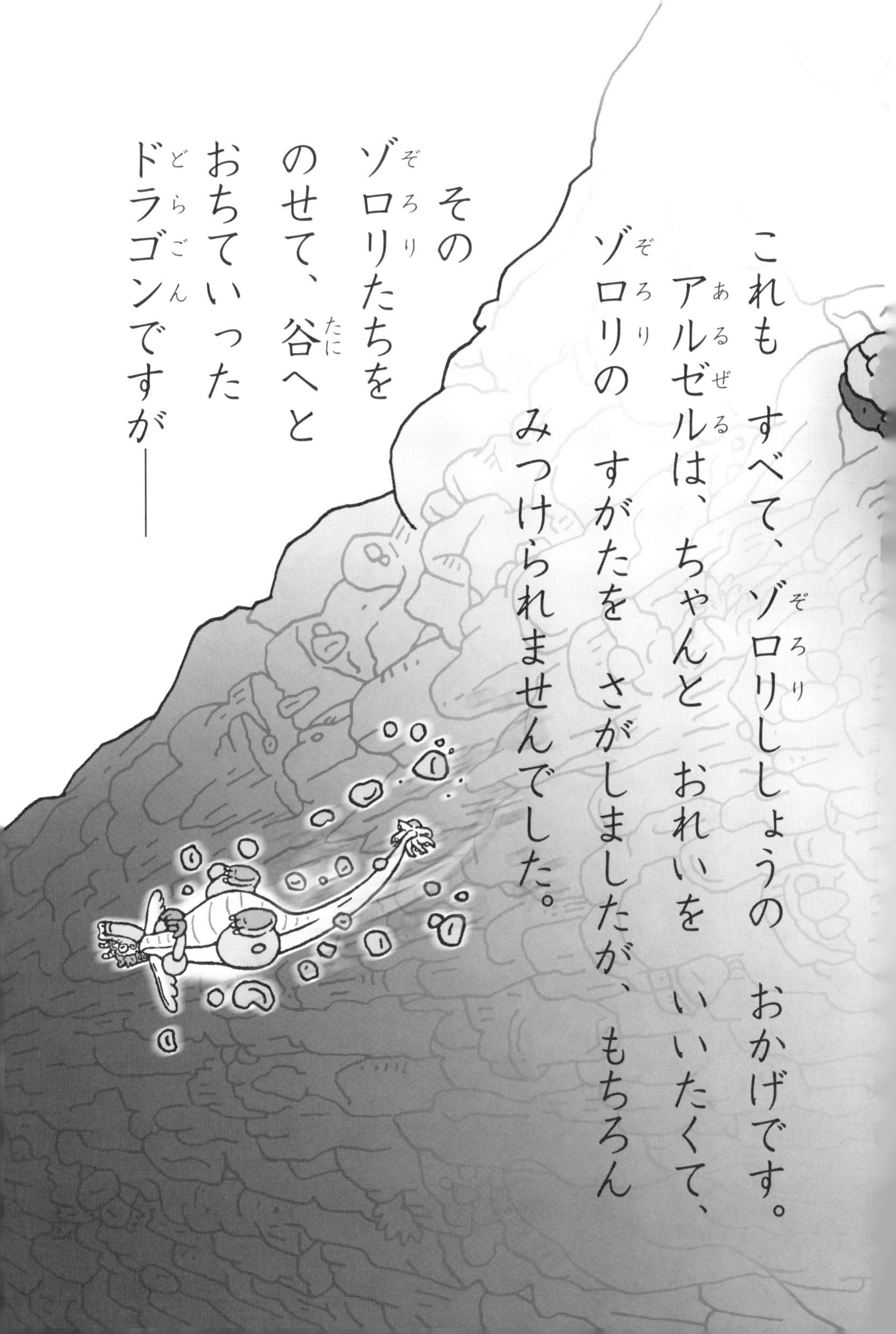

これも すべて、ゾロリ《ぞろり》ししょうの おかげです。
アルゼル《あるぜる》は、ちゃんと おれいを いいたくて、
ゾロリ《ぞろり》の すがたを さがしましたが、もちろん
みつけられませんでした。

その
ゾロリ《ぞろり》たちを
のせて、谷《たに》へと
おちていった
ドラゴン《どらごん》ですが――

がけの 上《うえ》から みえなくなった
ところで、ゾロリ《ぞろり》が ドラゴン《どらごん》の
せなかを きりはなし、
ハンググライダー《はんぐぐらいだー》として、空《そら》へ
まいあがったのです。

こうして、つくりものの
ドラゴン《どらごん》を、みんなの
まえから けして、
しょうこを なくす
ことも、アルゼル《あるぜる》を
がっかりさせない
ゾロリ《ぞろり》の けいかく
でした。

その　おねだりの　手《て》がみは、

アルゼル《あるぜる》が　ぬいだ　よろいから、
二《に》まい　でてきました。
一《いち》まいめは、
アルゼル《あるぜる》あてです。

アルゼルへ
もし　おれさまに　おれいを　かんがえて
いるのなら　ドラゴンに　はたけを　あらされた
ブランさんに　おでんの　やたいを
プレゼントして　ほしいんだ
はらり

あの あじが きえて
しまうのは おしいし
かれには あたらしい
じんせいの 1ぽを
ふみだして ほしいからね
かいけつゾロリより
さすが ゾロリ《ぞろり》ししょう。ブラン《ぶらん》さんも いろいろ あって、じんせいを あきらめかけて いたから、ぼくも なんとか して あげたいと おもっていた ところなんです。

そして、二《に》まいめは、

アーサー《あーさー》あてでした。

どうやら、
アーサー《あーさー》を
えいゆうに
したてたのは、
エルゼ《えるぜ》だった
ようです。

そのころ、ここちよい　かぜに
のって、ゾロリ《ぞろり》、イシシ《いしし》、ノシシ《のしし》の
三《さん》にんは、ハンググライダー《はんぐぐらいだー》で
空《そら》を　とんでいました。

おまえたち、ドラゴン《どらごん》を　たおす　とき、いきおい　つけすぎだっつーの。しっぽも　ひっかからず、あのまま　谷《たに》へ　おちていたら、すべてが　水《みず》の　あわ　だったんだぞ。

ごめんなさいだー。つい　むちゅうに　なっちまっただ　ゾロリ《ぞろり》せんせー。

しかし、ブラン《ぶらん》さんの　おでん　やたいを　おれたちが　ぬすんだ　ために、あの　ひとの　じんせいを　だいなしに　しちまったんだな。

でも、おらたちが　おでんやさんを　おそってたから、ゾロリ《ぞろり》せんせと　であえただ。

あの　おでん　うまかっただからねー。

ふーっ。アーサー《あーさー》に　あんな　りっぱな　子《こ》どもが　ふたりも　いたなんて、　びっくりだぜ。　おれさま、あの　アーサー《あーさー》より、　子《こ》どもの　気《き》もちが　わかって　あげられる、いい　パパ《ぱぱ》に　なれると　おもうんだ。せけんの　レディー《れでぃー》は、　どうして　そこんとこ　わかんないかなー。
ブラン《ぶらん》さん、　アルゼル《あるぜる》に　おでんやたいを　もらって、また　おでんやさんを　はじめてくれると　いいんだが。

原ゆたか先生のホームページ
www.zorori.com

●著者紹介
原ゆたか（はらゆたか）
一九五三年、熊本県に生まれる。七四年KFSコンテスト・講談社児童図書部門賞受賞。主な作品に、「ちいさなもり」「プカプカチョコレー島」シリーズ、「よわむしおばけ」シリーズ、「ほうれんそうマン」シリーズ、「かいけつゾロリ」シリーズ、「サンタクロース一年生」「イシシとノシシのスッポコペッポコへんてこ話」シリーズ、「ザックのふしぎたいけんノート」シリーズ、「にんじゃざむらいガムチョコバナナ」シリーズなどがある。

かいけつゾロリシリーズ(63)
かいけつゾロリのドラゴンたいじ2
二〇一八年 七月 第1刷

著　者 原ゆたか
協　力 原 京子
発行者 長谷川 均
編　集 浪崎裕代・加藤裕樹・小村一樹
デザイン 斎藤伸二（ポプラ社デザイン室）
発行所 株式会社 **ポプラ社**
〒一六〇-八五六五 東京都新宿区大京町22-1
TEL 〇三-三三五七-二二一六（編集）
〇三-三三五七-二二一二（営業）
印刷・製本 凸版印刷株式会社

このお話の主人公かいけつゾロリは「ほうれんそうマン」シリーズの著者みづしま志穂氏の御諒解のもとにおなじキャラクターで新たに原ゆたか氏が創作したものです。

落丁本・乱丁本は送料小社負担にてお取り替えいたします。
小社製作部宛にご連絡下さい。電話 0120-666-553
受付時間は月～金曜日、9:00 ～ 17:00（祝日・休日を除く）
みなさんのおたよりをお待ちしております。おたよりは
著者へおわたしいたします。
ISBN978-4-591-15916-3　N.D.C.913　103p　22cm
ホームページ　www.poplar.co.jp

ブラン《ぶらん》さんに おくった やたいだ!!

ブラン《ぶらん》さんの おでんの ぐ にんき ベスト10《テン》

①だいこん	②たまご	③はんぺん	④じゃがいも	⑤つみれ
⑥こんにゃく	⑦ウインナー《ういんなー》	⑧ちくわぶ	⑨がんもどき	⑩タコ足《たこあし》